그림아 놀자!

画儿画儿一起玩

植物篇

【韩】金州玲 著 陈明舒 译

CNS 湖南美术出版社
全国百佳图书出版单位

图书在版编目（CIP）数据

画儿画儿一起玩. 植物篇 / 金州玲著. —长沙 ：湖南美术出版社，2014. 5

ISBN 978-7-5356-6864-6

Ⅰ. ①画… Ⅱ. ①金… Ⅲ. ①蜡笔画—绘画技法—少儿读物 Ⅳ. ①J216-49

中国版本图书馆CIP数据核字（2014）第100565号

画儿画儿一起玩 • 植物篇

出 版 人：李小山
著　　者：［韩］金州玲
译　　者：陈明舒
责任编辑：吴海恩　彭　英
助理编辑：熊　慧
装帧设计：徐　佳　谢　颖
责任校对：彭　慧
出版发行：湖南美术出版社
（长沙市东二环一段622号）
经　　销：湖南省新华书店
印　　刷：湖南天闻新华印务有限公司
开　　本：889×1194　1/16
印　　张：4
版　　次：2015年1月第1版第1次印刷
书　　号：ISBN 978-7-5356-6864-6
定　　价：20.00元

邮购联系：0731-84787105　邮编：410016
网址：http://www.arts-press.com/
电子邮箱：market@arts-press.com
如有倒装、破损、少页等印装质量问题，请与印刷厂联系斢换。
联系电话：0731-84363767

致孩子们

孩子们，大家好，我是金州玲老师，见到你们真是开心极了！

通过学习这本书，金老师要帮助大家运用绘画的语言来自由自在地表现自己的思想和情感。

如果大家不能跟金老师面对面地学习，那就请爸爸妈妈来帮你们一把吧！

首先呢，我们要学习各种动物和植物的画法，特别要学会分析梳理自己的想法。

然后呢，就是自由自在地用画笔来把自己的想法给画出来。

千万不要觉得画画很难哦，相信自己，谁都能够做得好。

跟千篇一律的临摹比起来，我们更加重视每个孩子不同的想法，通过画画把这些不同的想法表达出来，才会画出更加美丽的作品来。

好！咱们开始吧！

目录

植物的故事 1

图画材料 2

物体表现法 4

调色知识 5

彩色铅笔多种表现手法 6

苹果和梨子 8

柿子 10

橘子 12

葡萄 14

西瓜 16

草莓 18

香蕉 20

春天的树木 24

夏天的树木 26

秋天的树木 28

冬天的树木 30

柳树 32

樱花 34

竹子 36

椰子树 38

连翘 42

金达莱 44

向日葵 46

仙人掌 48

菊花 50

大波斯菊 52

蔷薇花 54

木槿花 56

植物的故事

图画材料

画画的时候需要的各种各样的材料，说明如下：

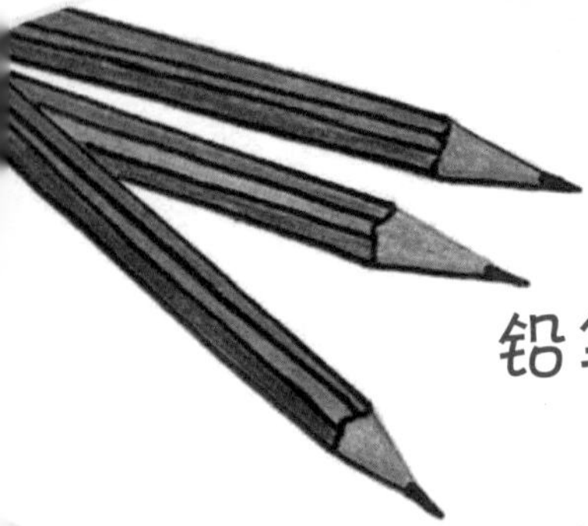

铅笔

一般用4B的铅笔或者2B的就行了。

最好使用美术专用橡皮擦，更柔软，擦得也干净。

橡皮擦

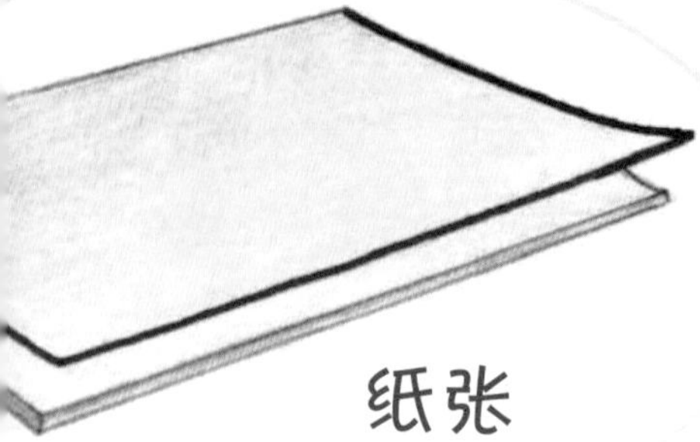

纸张

准备一个小小的速写本，因为小朋友们要表现的想法太多了，多到书上留的空白都会不够用的。

不一定要使用美术专用的水缸，只要能盛水的就行，一般就用右边画的那样的水缸就行。

小水缸

彩色铅笔的种类可多呢，有长得像普通铅笔模样儿的，也有比大家现在用的彩色铅笔更粗点儿的。其实什么样的铅笔都行，家里有的现成的彩色铅笔都要好好利用。

彩色铅笔

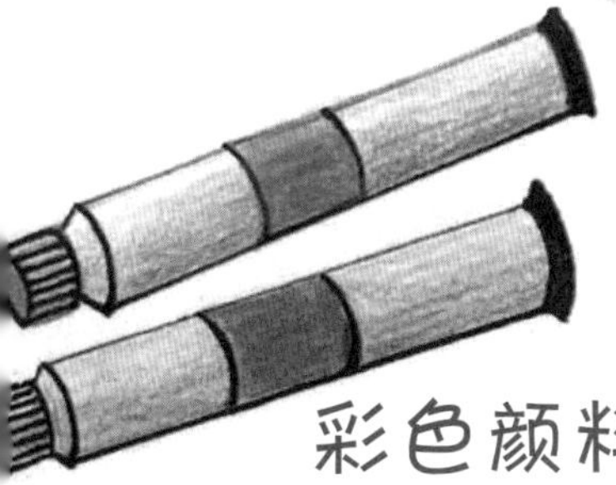

彩色颜料

颜料得要有个18~24种颜色才行，调颜料的时候掺多点儿水颜色就会变淡，掺少点儿水颜色就会变得很浓。

颜料要用得久还需要调色板。颜料挤出来放入调色板，即使干了以后也可以使用。

调色板

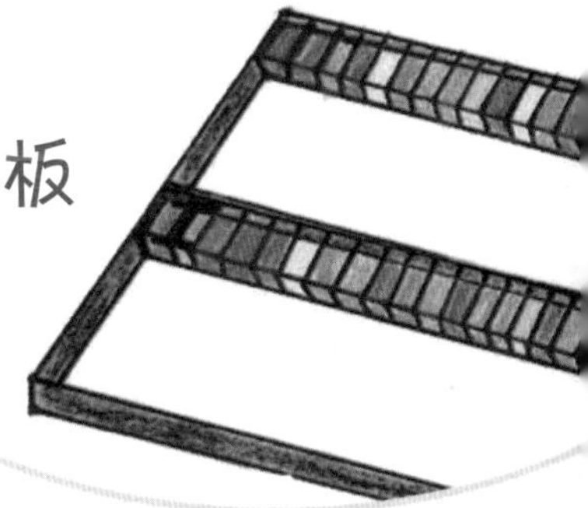

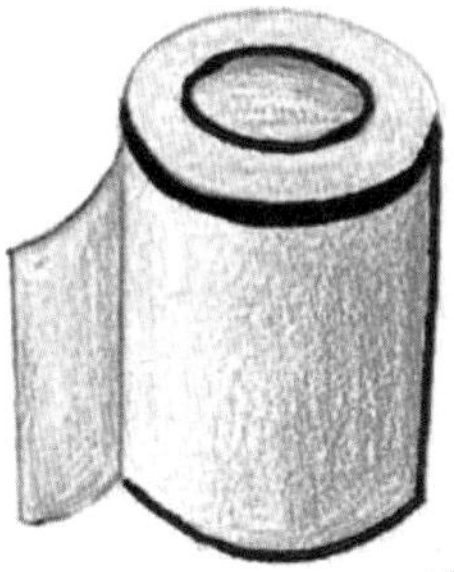

卷筒纸

颜料有时候粘得到处都是，有时候还会不小心给洒出来，这时候就用得上卷筒纸了。

用普通的圆形毛笔。扁平的毛笔可以用来刷大面积的浓彩，就好像画广告画那样。

毛笔

物体表现法

如果太阳在左边，那么影子都会出现在右边。

离太阳越近的一侧使用的色彩越亮，而离太阳越远的一侧使用的颜色就越暗。

影子离物体越近呢，变得很暗的颜色又会亮起来。

相反，太阳在右边，那么影子就会出现在物体的左边儿。靠近太阳的一侧就会越来越明亮，而离太阳越远的一侧就会越来越暗。看明白了吗?

要点：

想一想太阳升起来的时候小朋友们的影子会出现在哪一边呢？这些原理都是相通的。

彩色铅笔的使用方法

1. 先画浅色再画深色。

2. 画轮廓的时候用一般的铅笔或者浅色铅笔来画。

3. 用彩色铅笔上色之前要先在速写本上练习练习，要学会密密地均匀地涂画上色，笔触之间不留到空白。

4. 画草稿的顺序是先用浅色画，再用深色来画，然后还要用黑色来画眼睛、鼻子、嘴巴等重要部位，这样一来画儿才会变得更加鲜明。

5. 底色用彩色铅笔画虽然也不错，但用颜料来涂画就会更加均匀好看。

调色知识

色　盘

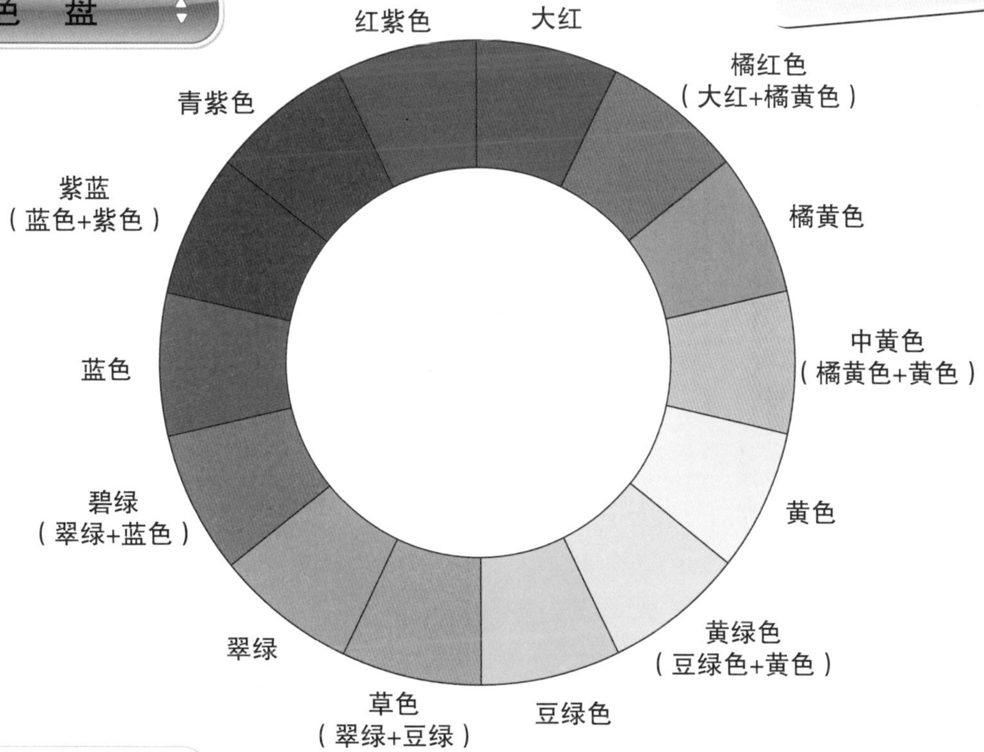

调　色

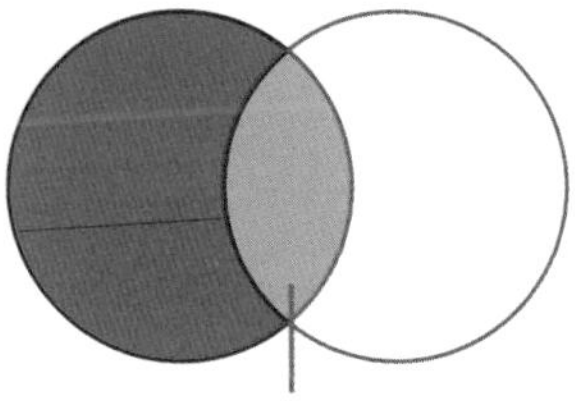

红色+白色 ➡ 粉红色

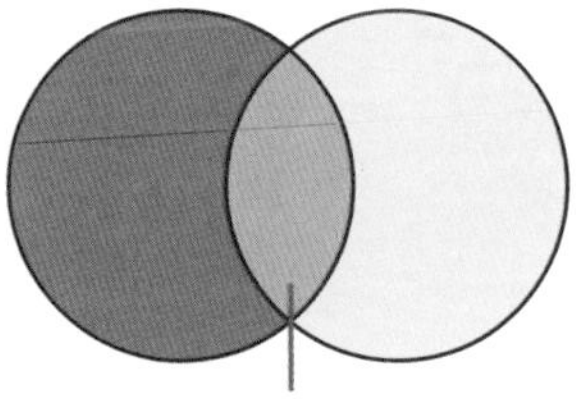

橘黄色+黄色 ➡ 中黄色

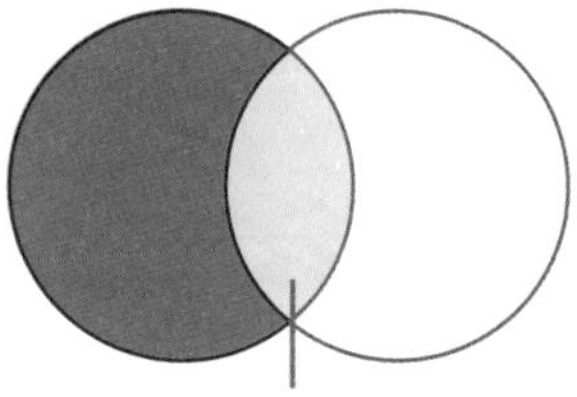

蓝色+白色 ➡ 天蓝色

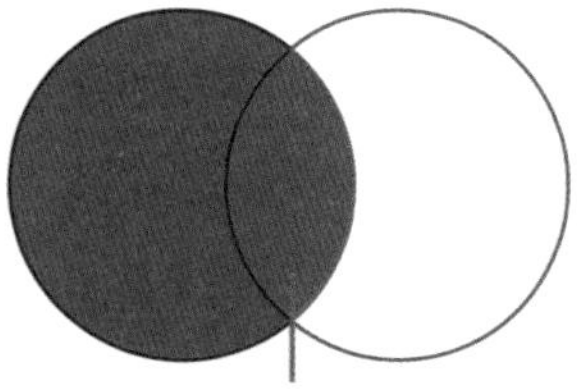

紫色+白色 ➡ 浅紫色

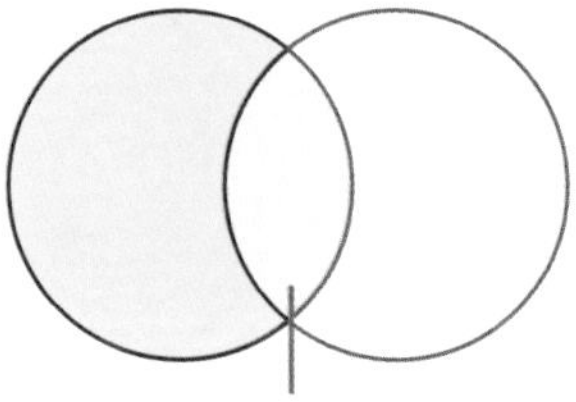

黄色+白色 ➡ 象牙色

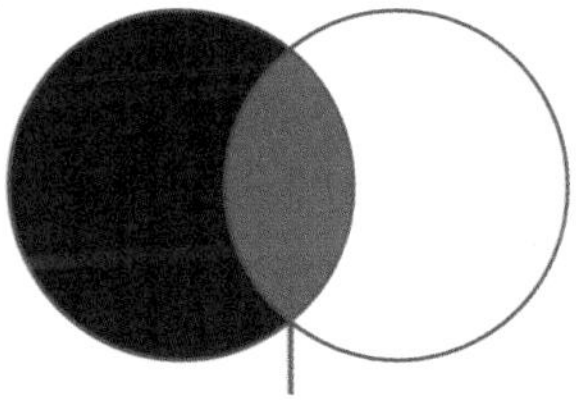

黑色+白色 ➡ 灰色

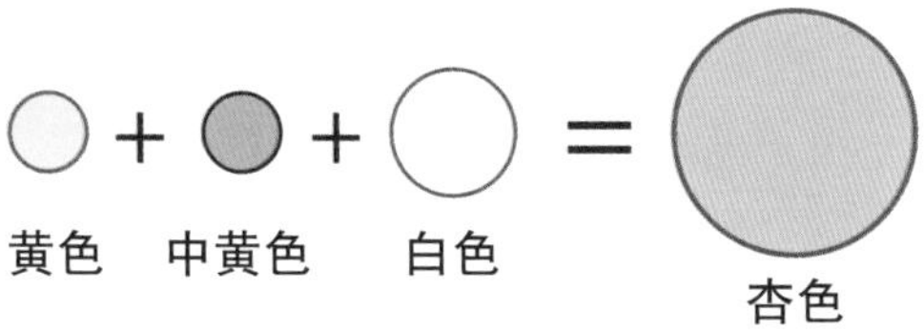

黄色+中黄色+白色 ➡ 杏色

彩色铅笔多种表现手法

直线

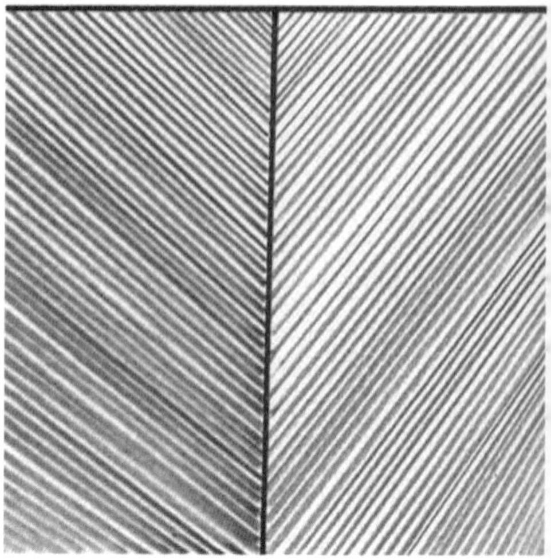

斜线

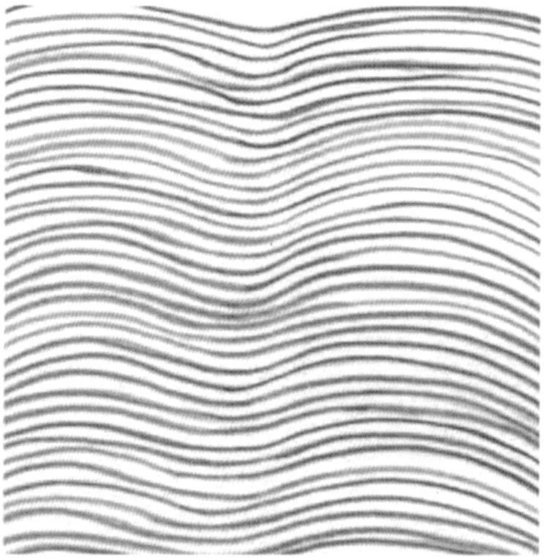

曲线

折线

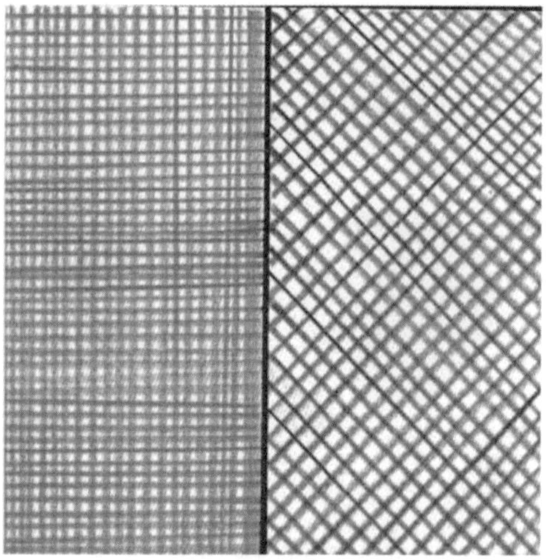

细线画的井字格子纹

同心圆

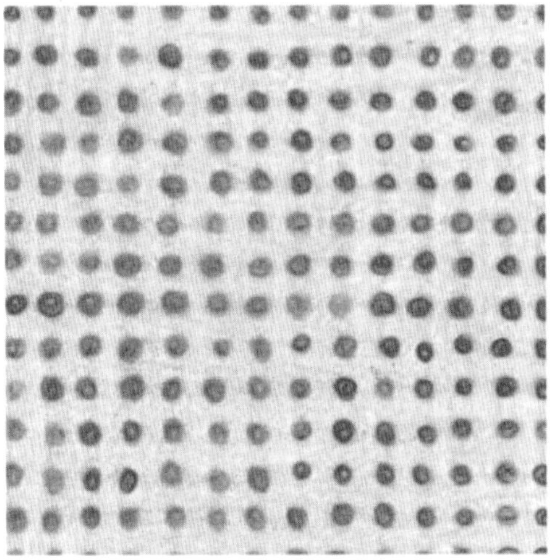

点点儿

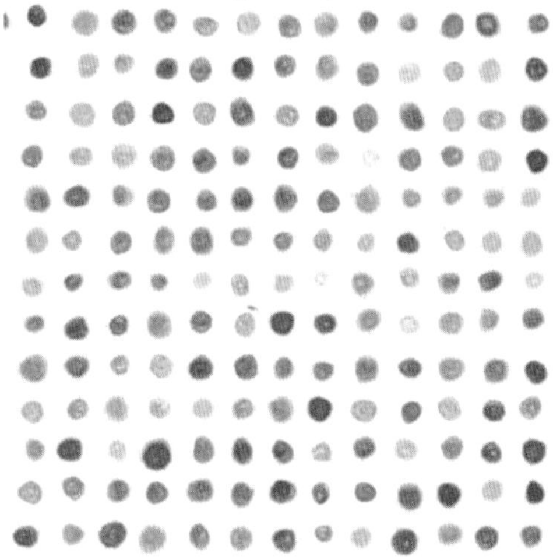

在白色底子上用多种颜色的点

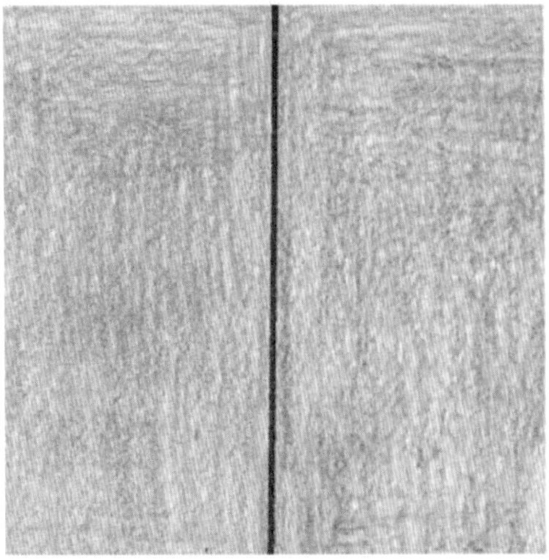

浅浅地涂色

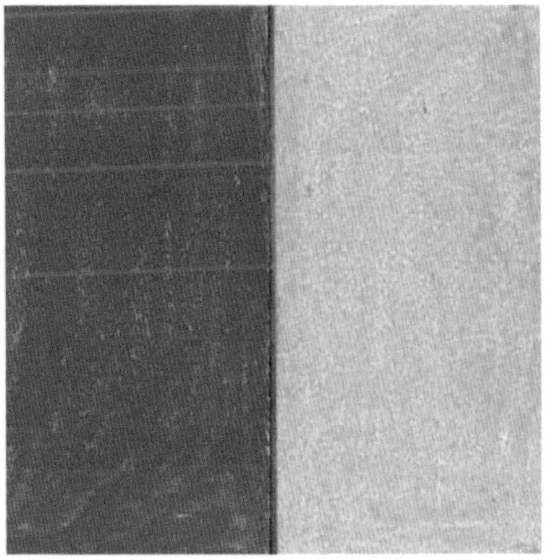

浓涂

底子不同的表现方法

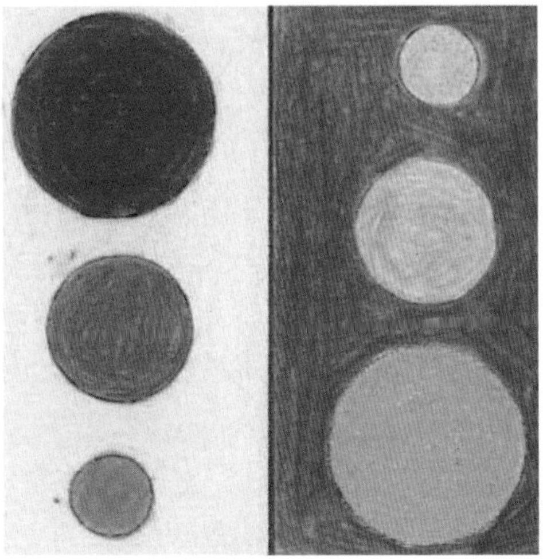

力度大小和色彩的浓淡调节

苹果和梨子

苹果是结在苹果树上的，韩国气候很适合苹果的生长，所以韩国苹果产量很大。苹果还可以做成饮料、果酱和罐头。

苹果

1

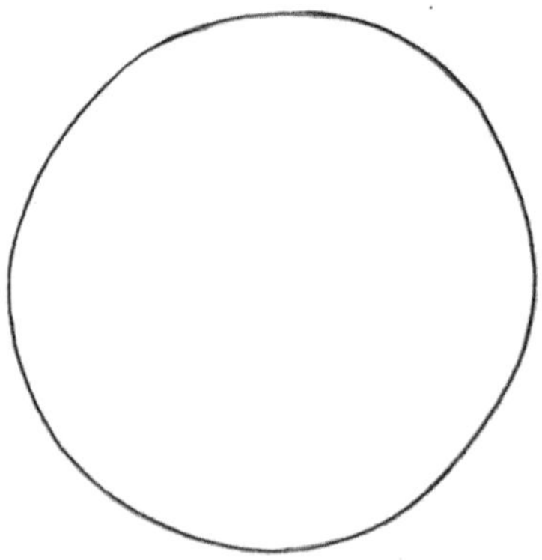

先画一个大圆圈。

2

把苹果上那个凹进去的地方和蒂把儿画出来，再把颜色给涂上去。

梨子

1

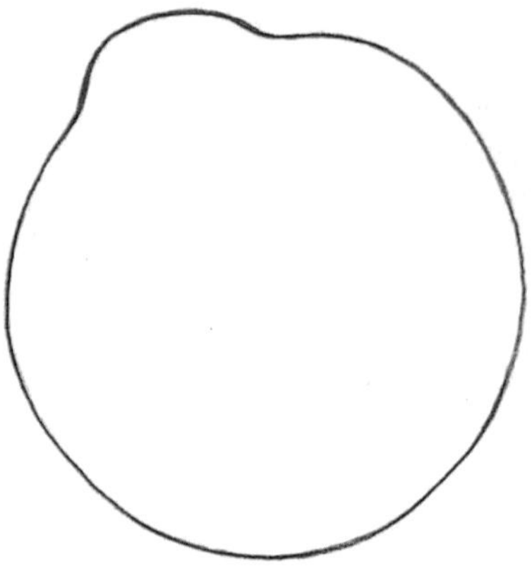

先画一个圆圈，圆圈的上部分画得稍微突出一点儿。

2

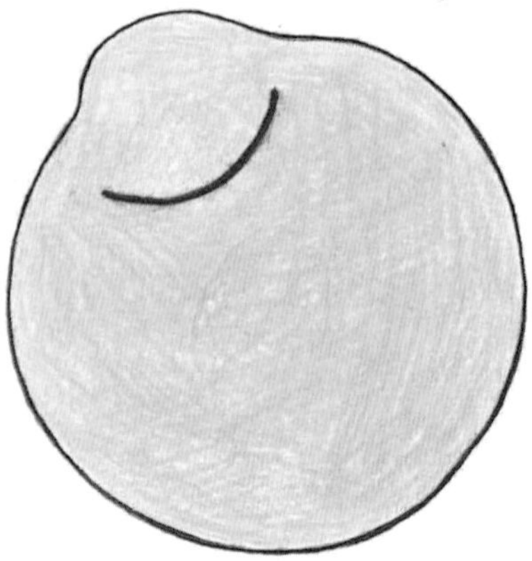

把凹进去长蒂把的部分画出来，上好色就行了。

这里画的是《白雪公主》童话里的一个场面，公主正在吃魔女皇后带给她的毒苹果，不得了啊！

正在做祭祀呢，台子上摆放着梨子和很多其他的食品。

画画看

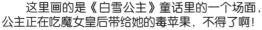

孩子们，以上苹果和梨子的画法都看明白了吗？小朋友想象的画面都看懂了吗？
画要画得好，可是更加重要的是要懂得如何用画笔来表达自己的思想和感情。
下面大家就发挥想象，自由地用画笔表现一下自己的想法吧！

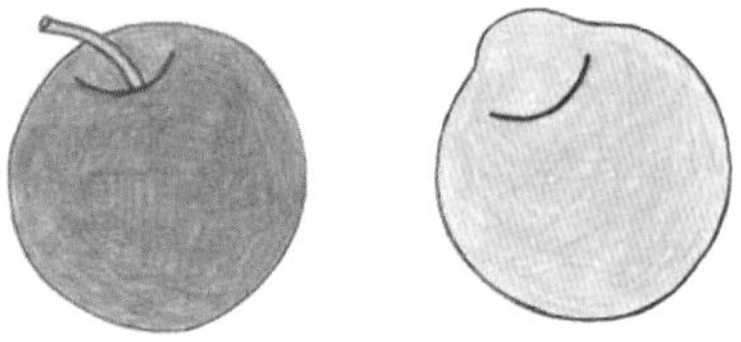

想一想

说到苹果和梨子，大家会想到什么呢？
也许会想到苹果树和梨子树吧，也许会想到超市里面卖的苹果和梨子吧？

柿子

柿子是长在树上的，到了秋天就可以收获了，硬硬的时候可以吃，完全熟透了变得软软的时候也特别好吃。

1

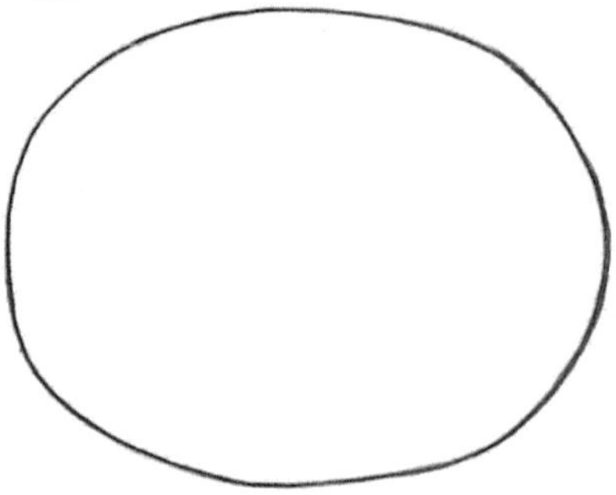

画一个向两边延展的扁扁的圆圈。

2

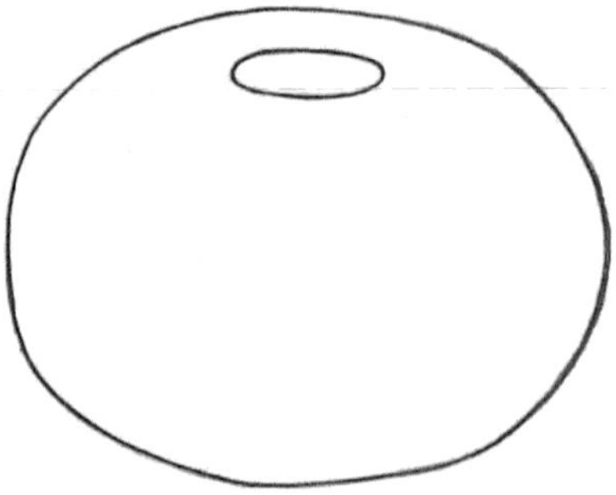

在圆圈的上部再同样画一个小小的圆圈。

3

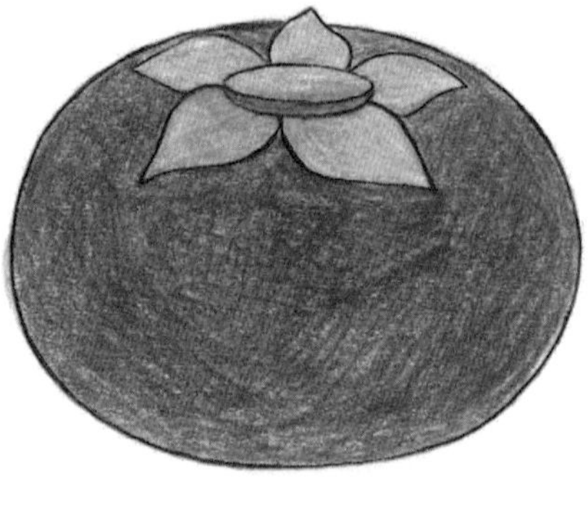

给柿子画上叶子，涂上颜色就完成了。

小朋友们的作品欣赏

这幅画儿画的是柿子树上采摘柿子的场景。

画画看

孩子们，以上柿子的画法都看明白了吗？小朋友想象的画面都看懂了吗？
画要画得好，可是更加重要的是要懂得如何用画笔来表达自己的思想和感情。
下面大家就发挥想象，自由地用画笔表现一下自己的想法吧！

想一想

一提到柿子你们会想到什么？
或许会想到登山路上看到的柿子树吧？大家来试试把自己想到的情景画出来吧！

橘子

橘子也是长在树上的，一般生长在比较炎热的地区，所以韩国的橘子大部分都产自最南端的济州岛上。

1

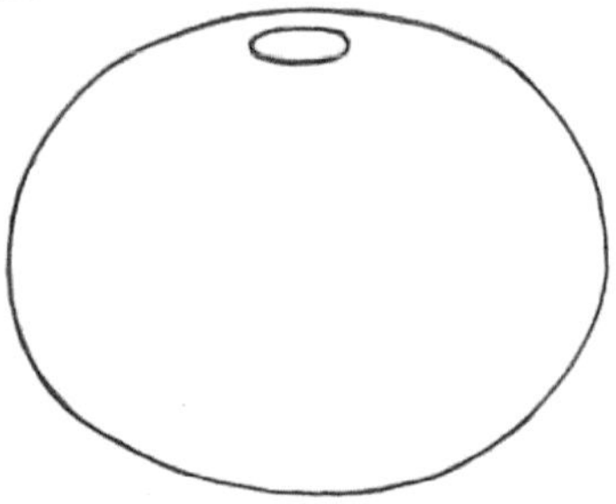

画一个向两边延伸的扁扁胖胖的圆圈，在上部再同样画一个小小的圆圈。

2

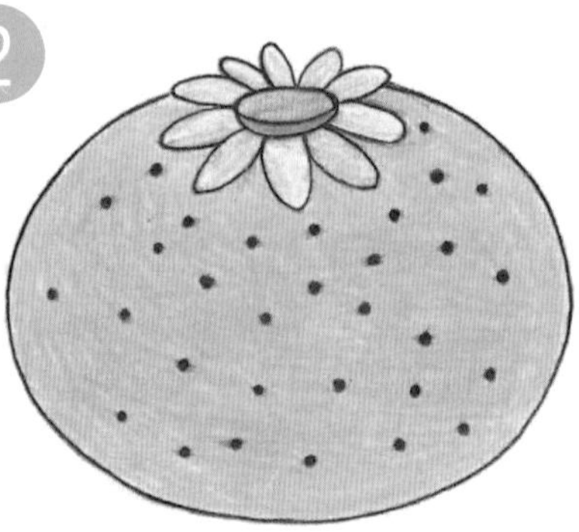

在小圆圈的旁边画上树叶，这些树叶要画得小一些，然后点上点儿，涂上颜色。

小朋友们的作品欣赏

济州岛上的小朋友们正在看守着橘子呢。

画画看

孩子们，以上橘子的画法都看明白了吗？小朋友想象的画面都看懂了吗？
画要画得好，可是更加重要的是要懂得如何用画笔来表达自己的思想和感情。
下面大家就发挥想象，自由地用画笔表现一下自己的想法吧！

想一想

一提到橘子你们会想到什么？

或许会想到装满橘子的飞机从济州岛飞向首尔的场景，货船上货箱里面的橘子也可以想象一下吧？大家来试试把自己想到的情景画出来吧！

葡萄

葡萄生长在藤蔓上，很甜很甜，可以做成葡萄酱来食用，韩国的葡萄大部分是紫色的，有时候也可以看到翠绿色的葡萄。

1

画一个小小的圆。

2

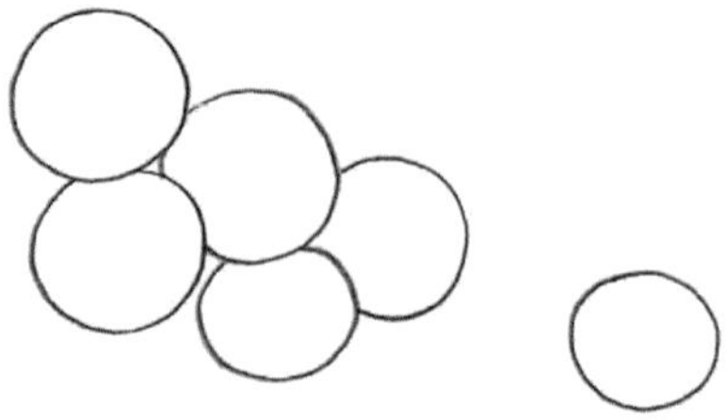

再画几个连在一起的圆。

3

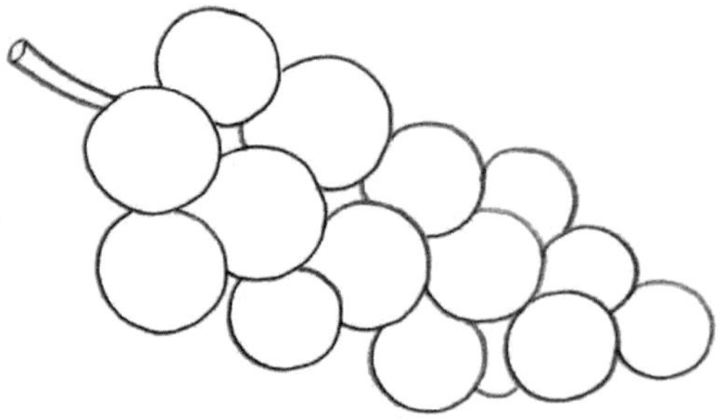

左边的圆画大一点儿，越往右边画得越小。最后在左边画上葡萄的藤。

4

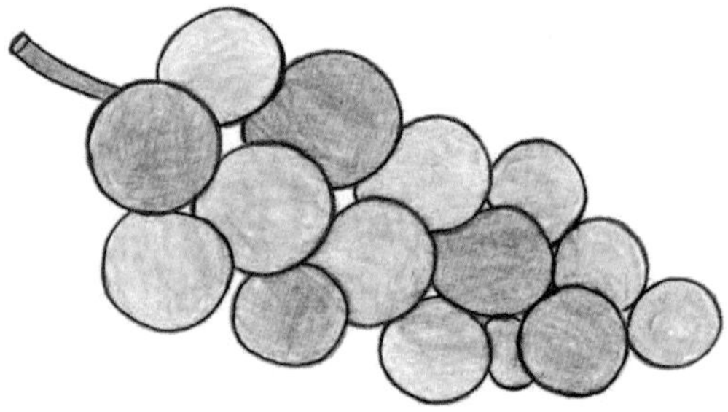

涂上自己喜欢的颜色。

乡下土房子的上方长了葡萄藤结了很多的葡萄，一个小孩子在吃着葡萄，葡萄藤上还停着几只小鸟呢。

这是小松鼠在偷吃葡萄的场面呢。

画画看

孩子们，以上葡萄的画法都看明白了吗？小朋友想象的画面都看懂了吗？
画要画得好，可是更加重要的是要懂得如何用画笔来表达自己的思想和感情。
下面大家就发挥想象，自由地用画笔表现一下自己的想法吧！

想一想

一提到葡萄你们会想到什么？
会想到葡萄酱罐子上画着的葡萄模样吧？在葡萄农庄里散步的情景也可以想象一下吧？

西瓜

西瓜是藤蔓植物结的果实，生长在地面上，一年结一次，大概在五六月份间收获，西瓜里面有很多西瓜子。

1

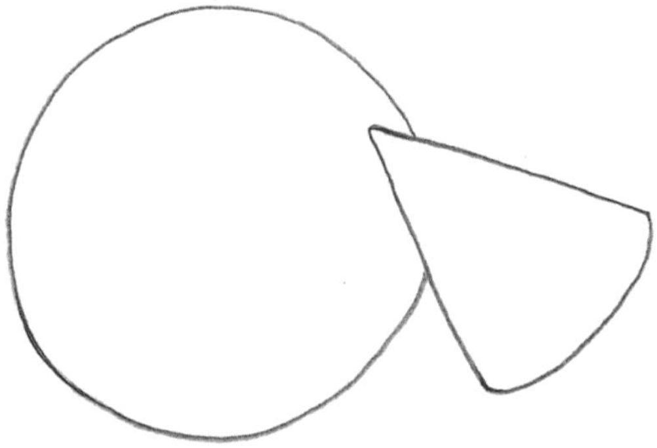

画一个大大的圆圈和一个三角形。

2

先把西瓜的纹路给画上去，然后在三角形上画上西瓜子，最后再上色。

小朋友们的作品欣赏

有两个人在偷西瓜，结果被种瓜的主人发现了，两个人拼命地逃跑。

画画看

孩子们，以上西瓜的画法都看明白了吗？小朋友想象的画面都看懂了吗？
画要画得好，可是更加重要的是要懂得如何用画笔来表达自己的思想和感情。
下面大家就发挥想象，自由地用画笔表现一下自己的想法吧！

想一想

一提到西瓜你们会想到什么？

老师首先想到的是乡下农村一个窝棚下面老爷爷老奶奶啃西瓜的场面。大家来试试把自己想到的情景画出来吧！

草莓

草莓也是藤蔓植物，5月份到6月份开花，花落之后结果。草莓可以做成果汁和果酱食用。

1

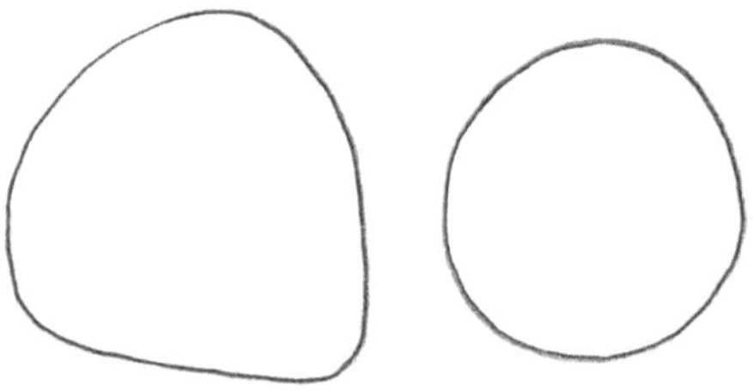

画一个带点儿三角形味道的圆，旁边再画一个圆圈。

2

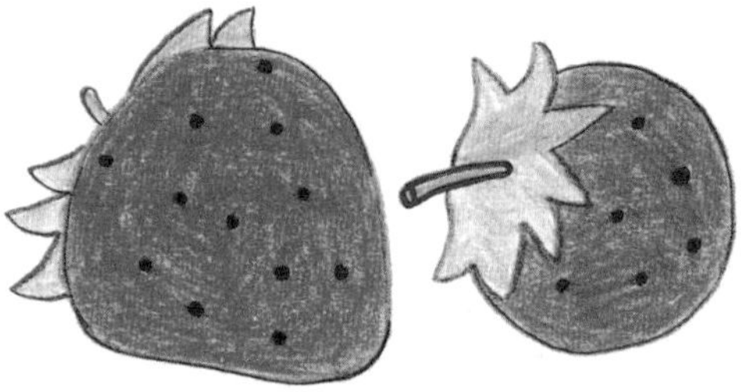

画上叶子，点上点儿，再涂上颜色。

小朋友们的作品欣赏

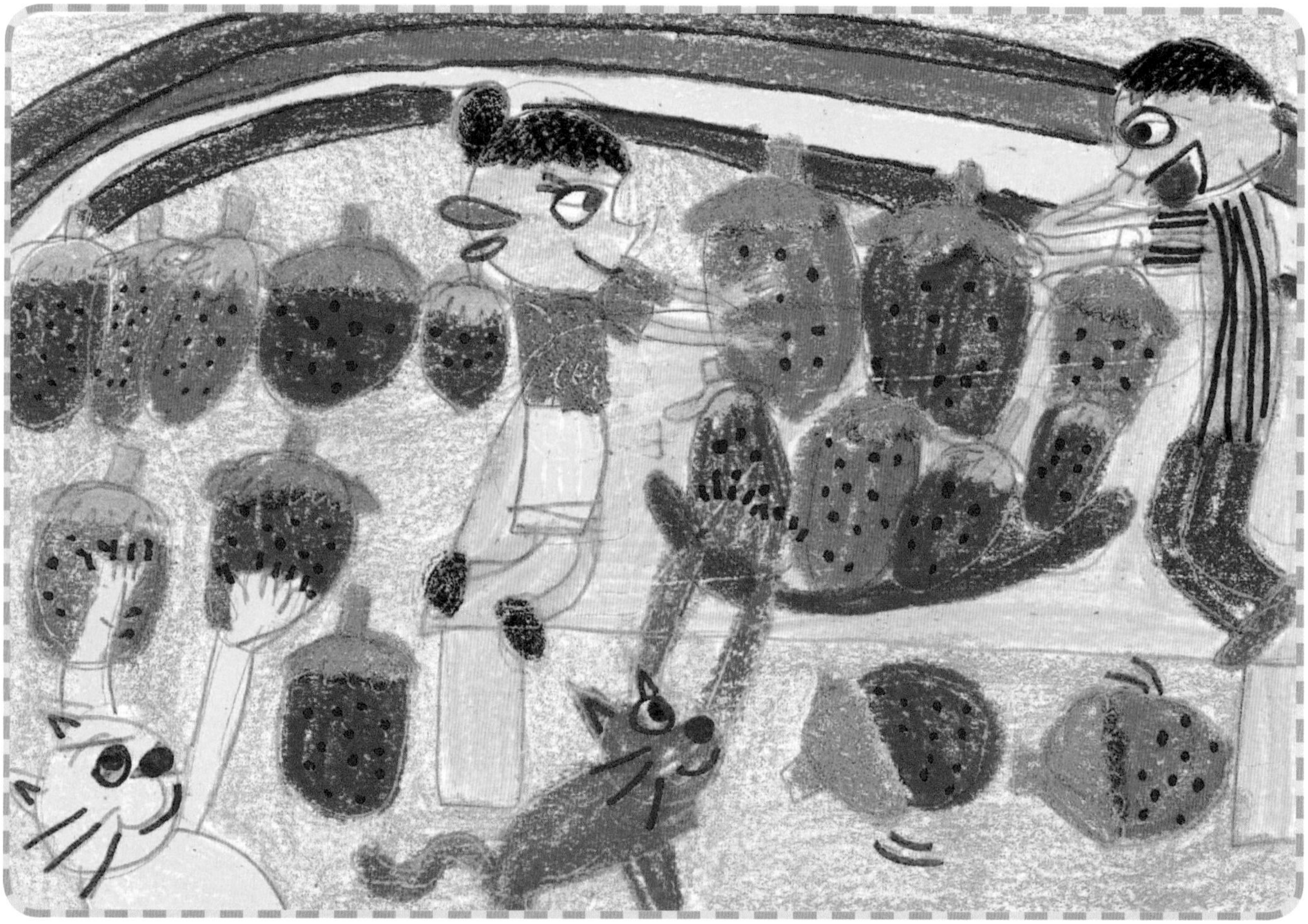

丰收啦！草莓农场正在收获新鲜的草莓呢。

画画看

孩子们，以上草莓的画法都看明白了吗？小朋友想象的画面都看懂了吗？
画要画得好，可是更加重要的是要懂得如何用画笔来表达自己的思想和感情。
下面大家就发挥想象，自由地用画笔表现一下自己的想法吧！

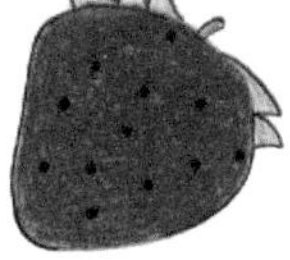

想一想

一提到草莓你们会想到什么？
老师首先想到的是超市里卖的草莓酱。大家来试试把自己想到的情景画出来吧！

香蕉

香蕉生长在热带地区，热量高，味道甜，在韩国，只有济州岛上可能栽培出这种水果，巴西、印度、菲律宾、印度尼西亚、厄瓜多尔等等地区都大量出产香蕉。香蕉的吃法很多，可以油炸，可以煮，还可以烤着吃、蒸着吃。

1

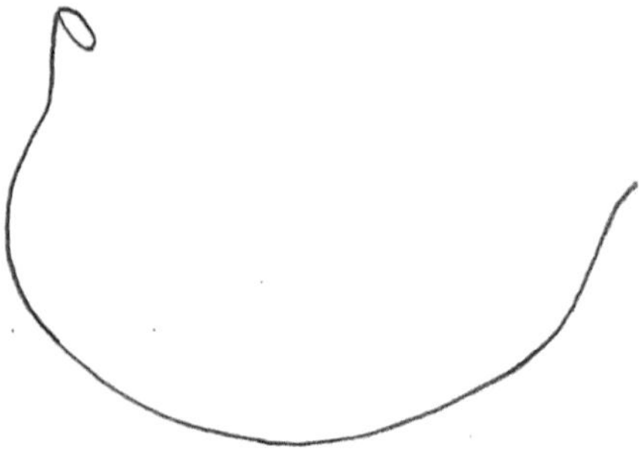

画一根曲线，画一个小圆作为蒂把儿。

2

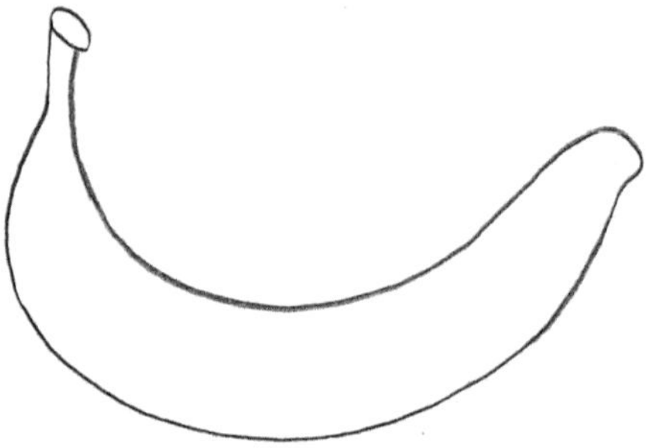

画成一个半圆的模样。

3

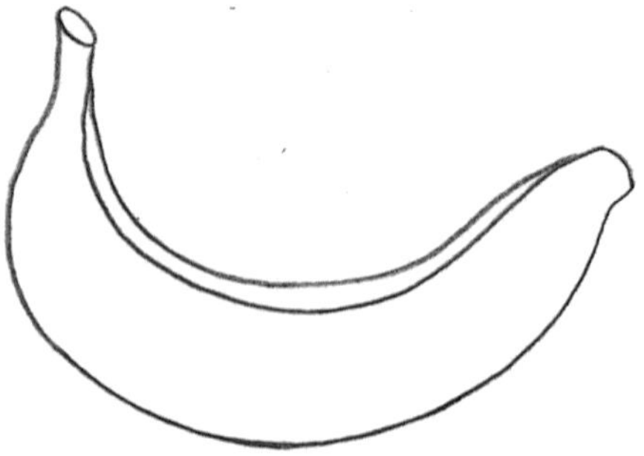

香蕉朝上的一边用一根线连起来，表示这一面朝上。

4

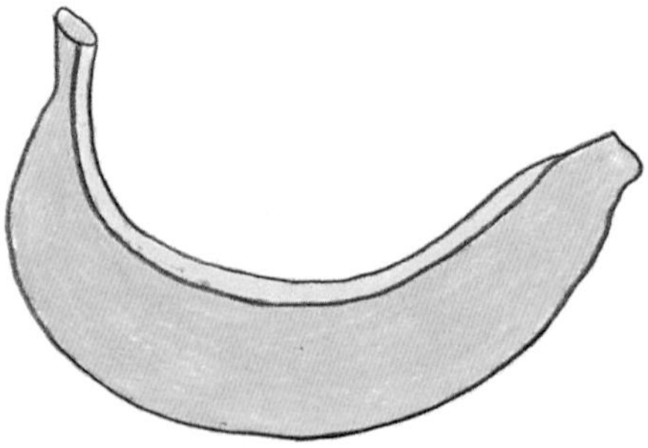

用黄色给它漂漂亮亮地涂抹上就行了。

小朋友们的作品欣赏

有位客人来了，一只猴子也来了，可是香蕉店的老板却还在呼呼大睡呢。

猴子妈妈和猴子宝宝正在开心地咬着从树上摘下来的香喷喷的香蕉。

画画看

孩子们，以上香蕉的画法都看明白了吗？小朋友想象的画面都看懂了吗？
画要画得好，可是更加重要的是要懂得如何用画笔来表达自己的思想和感情。
下面大家就发挥想象，自由地用画笔表现一下自己的想法吧！

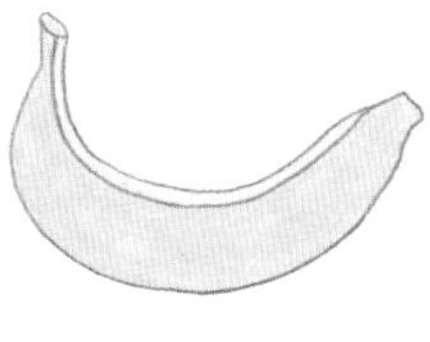

想一想

一提到香蕉你们会想到什么？
老师想到的是超市里成堆的香蕉，又想到朋友们津津有味吃香蕉的模样。
大家都知道老师想象的场景不一定就是唯一正确的答案，这个大家都明白吧？大家拿起笔把自己想象的画面给表现出来吧。

这是超市的场景，各种各样的水果都摆在那里，超市里有哭着鼻子吵着要买水果的孩子，还有在东张西望的客人，热热闹闹，充满了生活气息。

大家拿出速写本儿，用这段时间学到的各种水果的画法把自己的想法给表现出来。

书上小朋友们的作品只是作为参考，千万不要照葫芦画瓢。

小朋友想象的画面

这幅画画的是一群小朋友在吃着可口的水果，你最爱吃的水果是什么呢？

动物世界在开水果Party呢，凶巴巴的狮子，高个子长颈鹿，还有树上的猴子，各种各样的动物欢聚一堂。

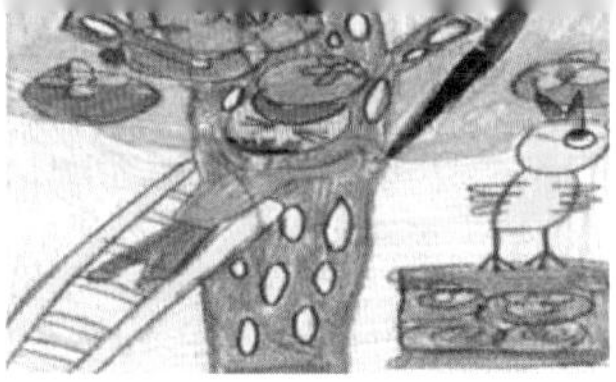
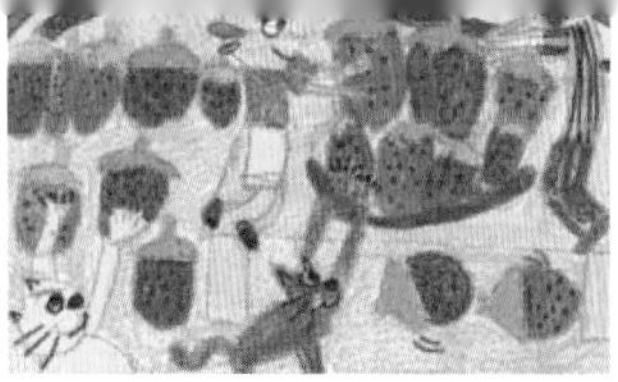

大家拿起画笔来自由地表现一下吧!

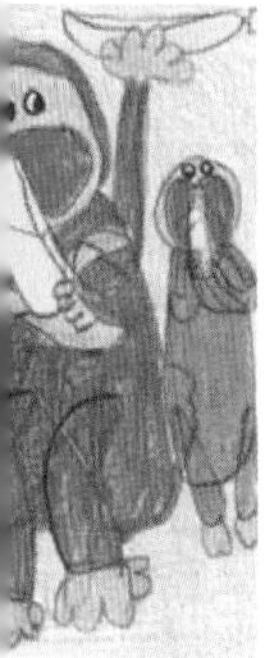
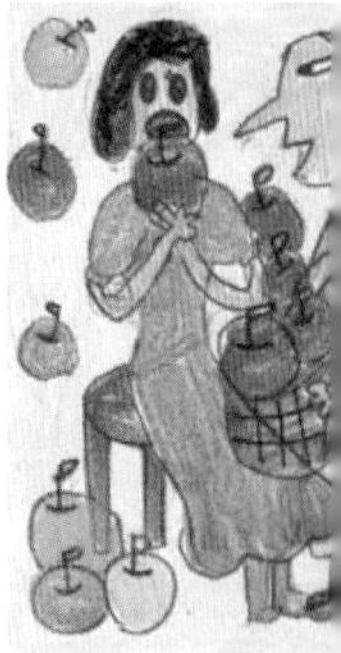
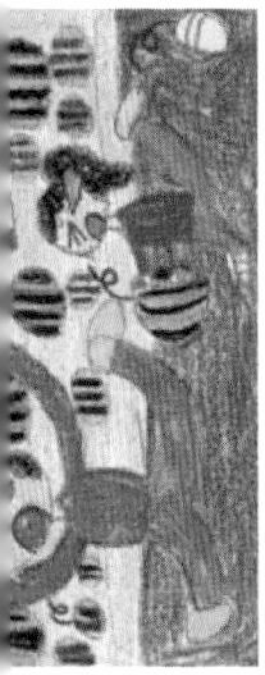

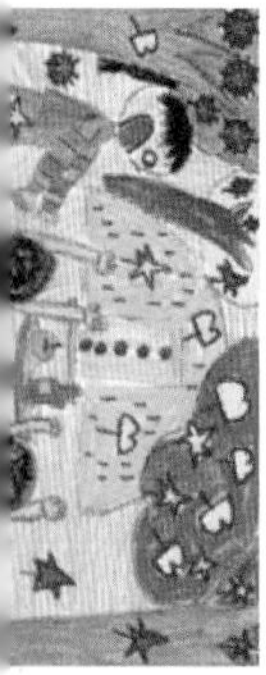

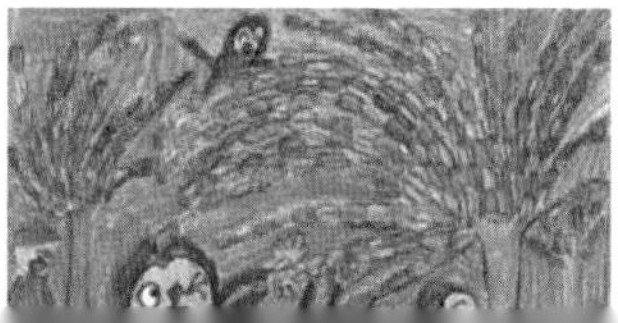
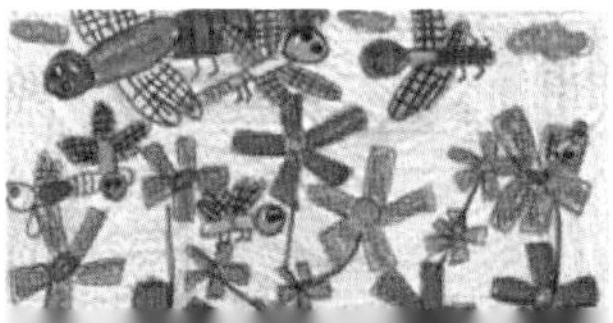
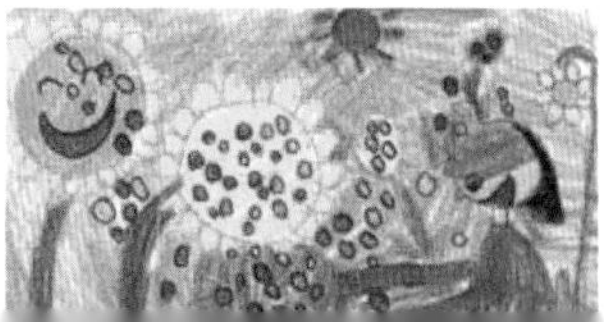

春天的树木

春天，各种各样的树木都开始苏醒、生长，嫩芽初生，美丽的花朵也都开了。樱花、玉兰、桃花是其中的代表。

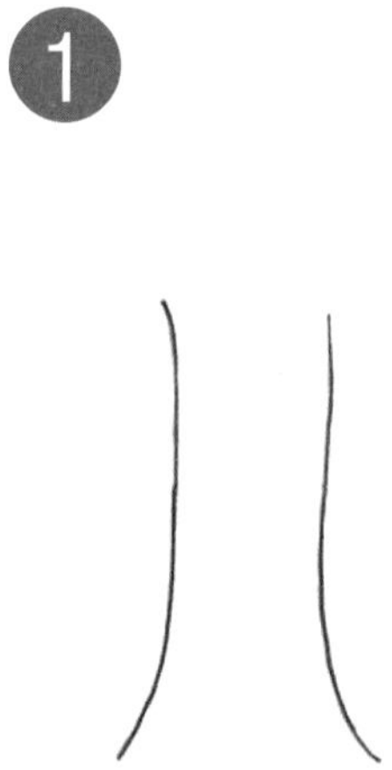

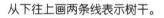

从下往上画两条线表示树干。

画上树根，再画上树枝，然后把树叶给画上去。

多画些树叶儿，花花绿绿的给树叶涂上漂亮的颜色。

小朋友们的作品欣赏

春天来踏青，朋友们在吃紫菜包的寿司，到处是绿油油的嫩芽，周边还有很多大树。

画画看

孩子们，以上春天的树木的画法都看明白了吗？小朋友想象的画面都看懂了吗？
画要画得好，可是更加重要的是要懂得如何用画笔来表达自己的思想和感情。
下面大家就发挥想象，自由地用画笔表现一下自己的想法吧！

想一想

一提到春天的树木你们会想到什么？
春天里，踏青赏花的季节，我们会想到一家老小快快乐乐赏花的情景。

夏天的树木

到了夏天，花儿谢了，渐渐多了豆绿、翠绿的树叶，夏天的树木都长得特别的茂盛。

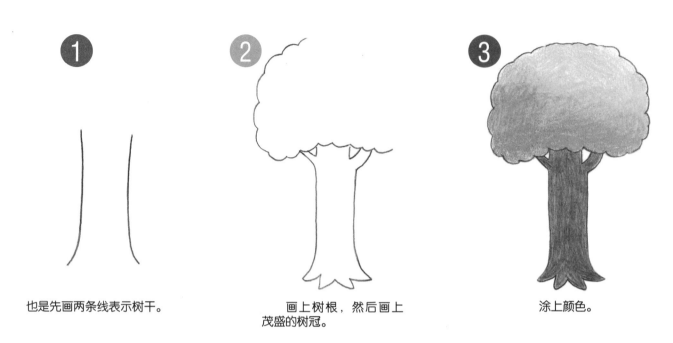

也是先画两条线表示树干。

画上树根，然后画上茂盛的树冠。

涂上颜色。

小朋友们的作品欣赏

夏天来了，树叶茂盛，变成了深绿色，树枝上可以看到很多的动物，知了在叫，小鸟儿在唱，好热闹。

画画看

孩子们，以上夏天的树木的画法都看明白了吗？小朋友想象的画面都看懂了吗？画要画得好，可是更加重要的是要懂得如何用画笔来表达自己的思想和感情。下面大家就发挥想象，自由地用画笔表现一下自己的想法吧！

想一想

一提到夏天的树木你们会想到什么？

夏天里，天气热得受不了，可以想象好多人就跑到大树底下乘凉，有的在休息，有的在啃西瓜呢。

秋天的树木

仔细了解一下秋天的树木并把它们画下来也挺有意思的。

到了秋天，鹅黄翠绿的树木都换上了黄色和红色的外衣，就像春天花开花谢一样，到了秋天树上的叶子就开始枯萎、凋落了。

竖着画两条线把树干确定下来。

画一点儿树枝，然后把树叶画上。

画很多树叶，然后给树涂上色彩斑斓的漂亮的颜色。

小朋友们的作品欣赏

这幅画画的是中秋节的情景。中秋节，人们上山去祭拜祖先。满山都是红色的和黄色的树木，还可以看到板栗树呢。

画画看

孩子们，以上秋天的树木的画法都看明白了吗？小朋友想象的画面都看懂了吗？
画要画得好，可是更加重要的是要懂得如何用画笔来表达自己的思想和感情。
下面大家就发挥想象，自由地用画笔表现一下自己的想法吧！

想一想

一提到秋天的树木你们会想到什么？
老师首先想到的就是秋游，想象着在色彩斑斓的树木丛中跟小朋友们一起欢快地蹦啊跳啊……

冬天的树木

冬天来临，树叶儿都掉光了，只剩下树干和树枝，瘦骨嶙峋的模样也很有意思。冬天好冷啊，大雪纷飞，树木都在等待着温暖的春天到来呢。

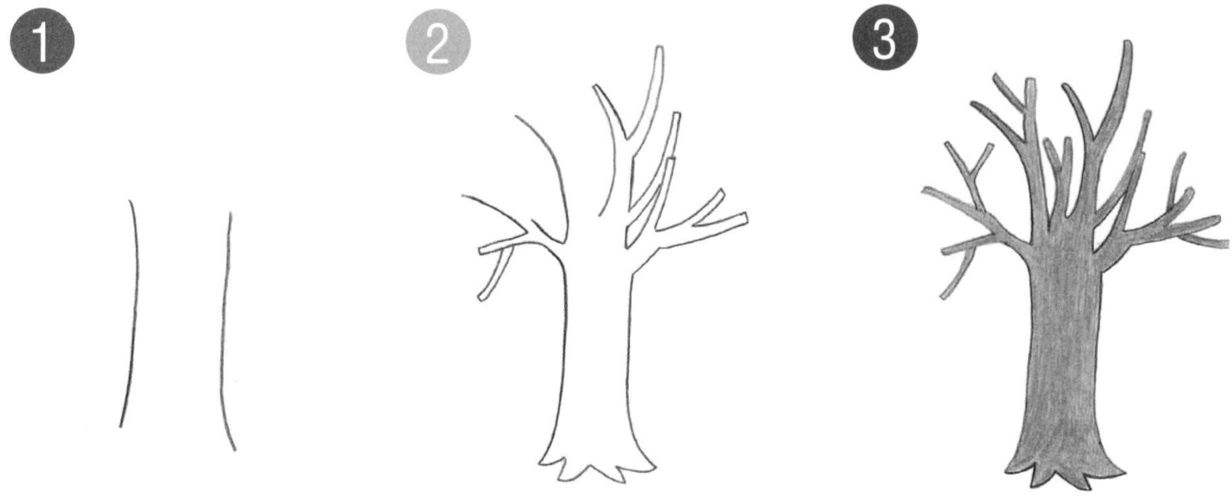

1 竖着画两条线。

2 把树枝给画上去。

3 给树干和树枝涂上颜色就行了。

小朋友们的作品欣赏

冬天的树木，光溜溜的树枝上堆满了积雪，这幅画给人留下的印象很深啊。

画画看

孩子们，以上冬天的树木的画法都看明白了吗？小朋友想象的画面都看懂了吗？
画要画得好，可是更加重要的是要懂得如何用画笔来表达自己的思想和感情。
下面大家就发挥想象，自由地用画笔表现一下自己的想法吧！

想一想

一提到冬天的树木你们会想到什么？

冬天来临，老师想到冬天落光了树叶的森林中，熊躲在山洞里呼呼地睡觉的模样。大家要注意咯，老师的想法不一定就是唯一的标准哦，大家要开动脑筋，发挥自己的想象力。

柳树

现在让我们来了解一下柳树，并试着画一画吧。
柳树在韩国随处可见。树叶儿成串地向下延伸，柳树的个子都很大。

1

竖着画两条线。

2

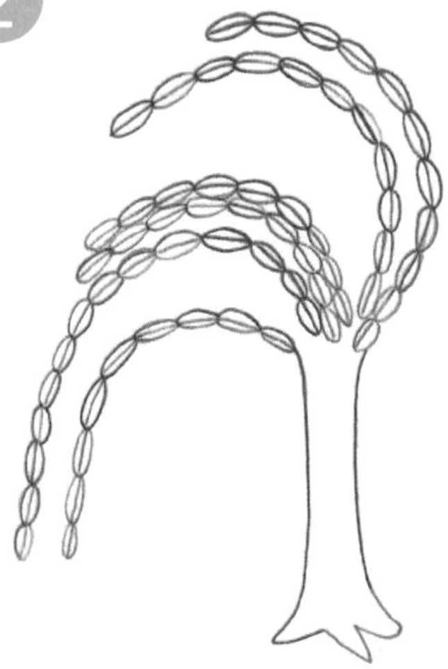

把主要的树干画好以后就开始画叶子，注意要把树叶画成一串串长条形的。

3

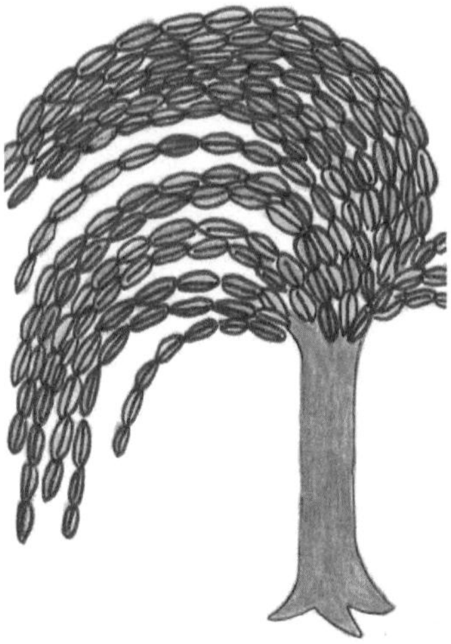

树叶画完之后，给柳树上色，主要是豆绿色和翠绿色。

小朋友们的作品欣赏

这幅画儿画的是爬在柳树上荡“秋千”的猴子。

画画看

孩子们，以上柳树的画法都看明白了吗？小朋友想象的画面都看懂了吗？
画要画得好，可是更加重要的是要懂得如何用画笔来表达自己的思想和感情。
下面大家就发挥想象，自由地用画笔表现一下自己的想法吧！

想一想

一提到柳树你们会想到什么？
柳树随风飘荡的样子能想象得出来不？

樱花

樱花是春天的象征，在春天樱花树上会开出由白色、淡红色转变成深红色的花。樱花可以群植成林，也可植于山坡、庭院、路边、建筑物前。盛开时节花繁艳丽，满树烂漫，如云似霞，极为壮观。

1

先竖着画上两条线然后将树根底部画上。

2

树根画好之后画树枝和花朵儿。

3

给画好的树干、树枝和花朵儿上色。

小朋友们的作品欣赏

这幅画儿画的是一群好朋友在樱花树下赏花的情景。

画画看

孩子们，以上樱花树的画法都看明白了吗？小朋友想象的画面都看懂了吗？
画要画得好，可是更加重要的是要懂得如何用画笔来表达自己的思想和感情。
下面大家就发挥想象，自由地用画笔表现一下自己的想法吧！

想一想

一提到樱花树你们会想到什么？
樱花落下的时候很像下雨一样，想象一下樱花落在活蹦乱跳的小狗身上会是怎样一派景象啊！

竹子

一旦充分了解了事物的特征，画起来就容易多了。

竹子在哪儿都能见得到，主要生长在热带地区，树干很高，树干里面都是空心的。

1

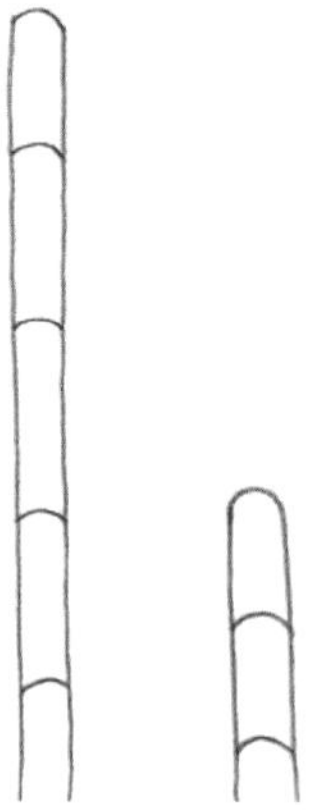

先画主干。中间用线条一节节分开。

2

主干上画上竹叶。

3

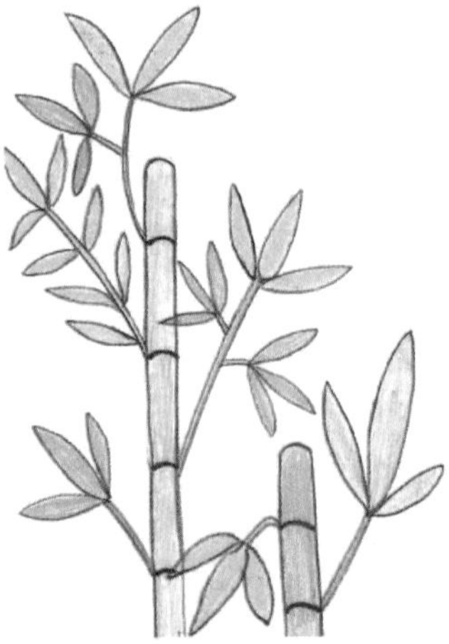

画完竹叶以后，涂上翠绿色和豆绿色就完成了。

小朋友们的作品欣赏

熊猫们坐在竹子上美滋滋地啃着竹叶呢。

画画看

孩子们，以上竹子的画法都看明白了吗？小朋友想象的画面都看懂了吗？
画要画得好，可是更加重要的是要懂得如何用画笔来表达自己的思想和感情。
下面大家就发挥想象，自由地用画笔表现一下自己的想法吧！

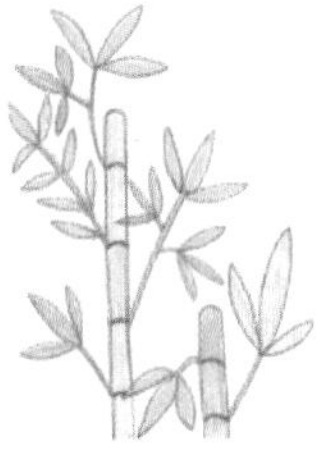

想一想

一提到竹子你们就会想到什么？
竹子是空心的，可以用来做成各种各样的碗，老师想到的是竹筒盛饭吃的样子。

椰子树

椰子树生长在热带地区，树也挺高大的，树枝上不长什么树叶，树叶只是集中长在树枝的顶端，十分独特。

1

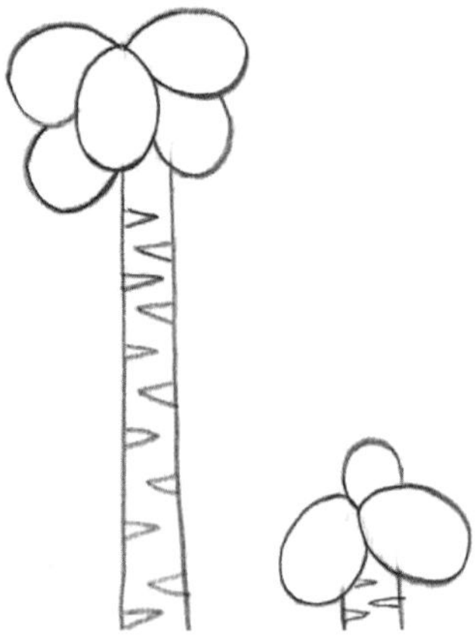

先画树干，在树干顶部画上椰子。

2

画上几根长长的树枝，接着在树枝顶端画上树叶。

3

画好底子之后给椰子树涂上颜色。

小朋友们的作品欣赏

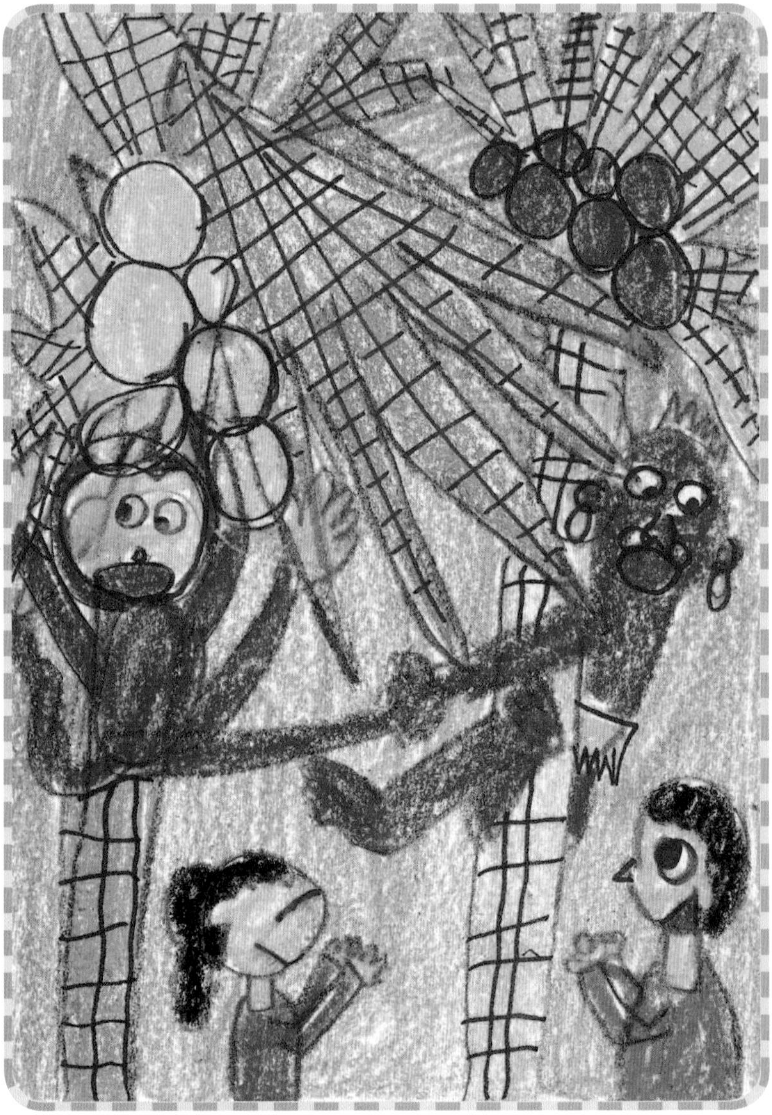

椰子树上猴子们玩得正开心，树下的孩子们看得也挺开心。

画画看

孩子们，以上椰子树的画法都看明白了吗？小朋友想象的画面都看懂了吗？
画要画得好，可是更加重要的是要懂得如何用画笔来表达自己的思想和感情。
下面大家就发挥想象，自由地用画笔表现一下自己的想法吧！

想一想

一提到椰子树你们就会想到什么？
椰子树能长出好多椰子，喝椰子汁就像喝水一样，不过味道可不同哦。想象一下这种情形吧！

这是山上郊游的情景，可以看到各种各样的树木和开心游玩的朋友们。
各位请拿出你的速写本，回想一下最近学过的各种树木的画法，自己拿起笔来试一试吧。
书上小朋友们的作品只是作为参考，不要去死板地临摹哦。

小朋友想象的画面

这里画着春夏秋冬不同的树木，做成了漂亮的日历。这些树木画得非常生动有趣。

这是一个植物园。这里有各种各样的树木和鲜花。

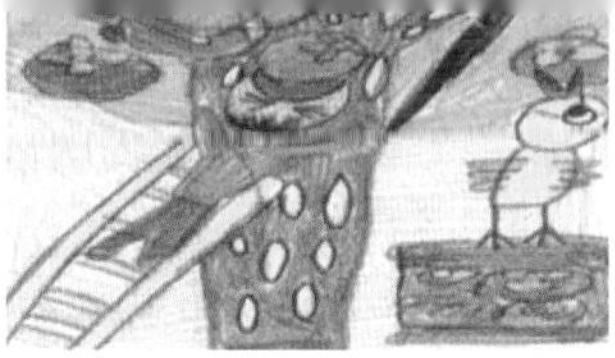

大家拿起画笔来自由地表现一下吧！

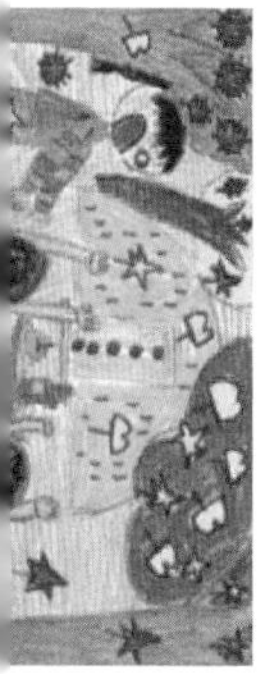

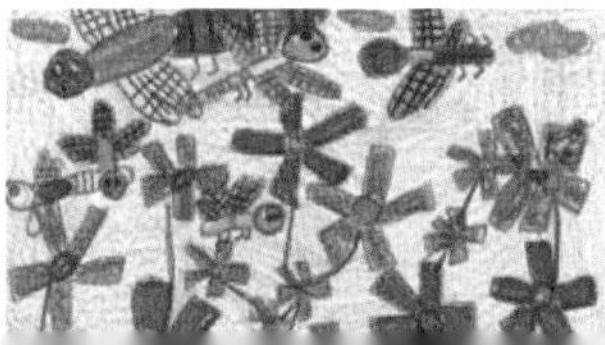
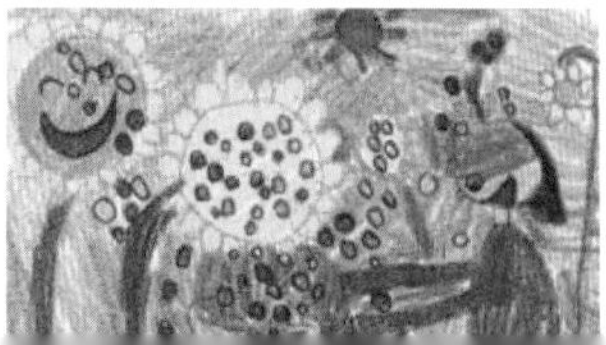
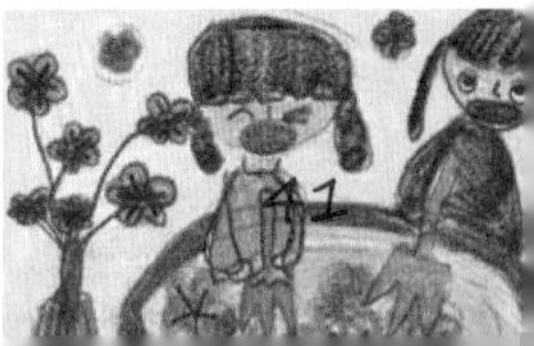

连翘

让我们来了解一下连翘吧！

连翘是韩国春天里开出的最有代表性的花朵儿。在韩国，到处都可以看到这两种花儿，什么时候看到它们都会觉得特别亲切。连翘与迎春花、杜鹃花一样都是春天里开出的最有代表性的花朵儿。

1

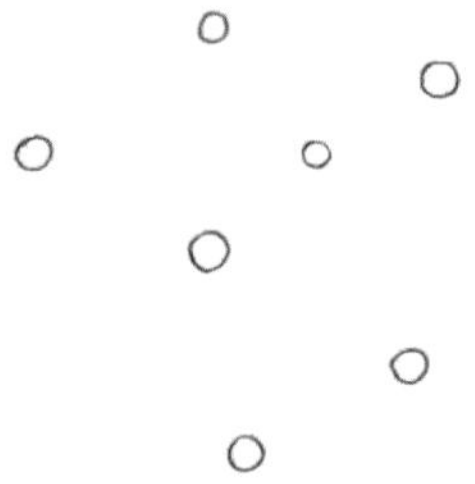

零零散散地画上很多小小的圆圈。

2

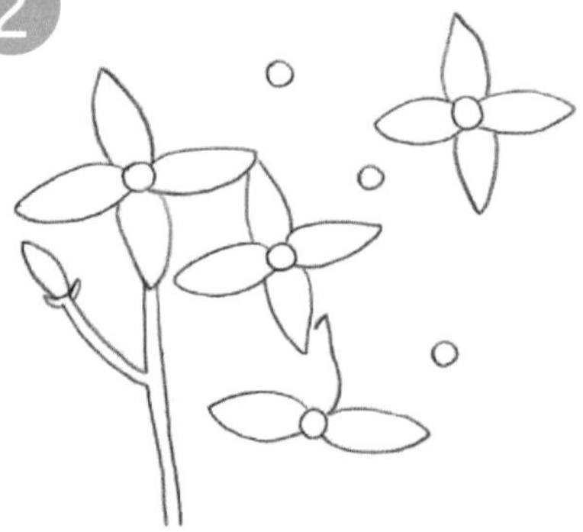

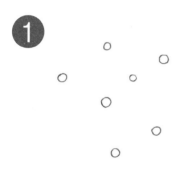

在小圆圈边上画上四片长长的花瓣儿，然后再画上花枝。

3

给连翘涂上黄色就行了。

小朋友们的作品欣赏

春天里小朋友们在一起玩耍的情景。连翘花儿开得十分艳丽。

画画看

孩子们，以上连翘的画法都看明白了吗？小朋友想象的画面都看懂了吗？
画要画得好，可是更加重要的是要懂得如何用画笔来表达自己的思想和感情。
下面大家就发挥想象，自由地用画笔表现一下自己的想法吧！

想一想

一提到连翘你们会想到什么？
大家想象一下连翘花盛开的美丽的春天景色吧。

金达莱

让我们来了解一下金达莱吧！

金达莱，别名映山红、尖叶杜鹃、兴安杜鹃，主要生长于山坡、草地、灌木丛等处。金达莱是田野中开放的第一朵花。

1

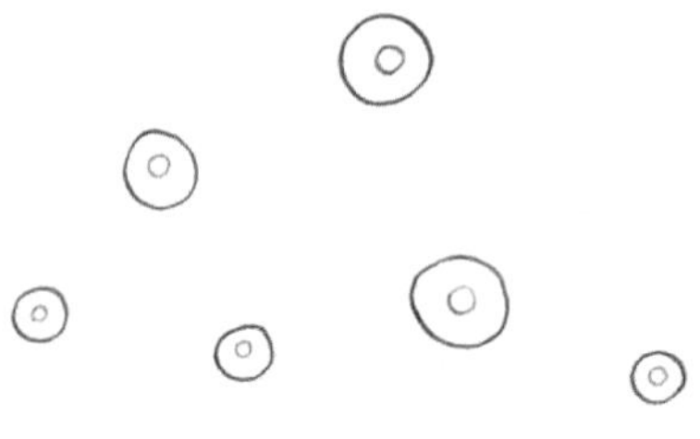

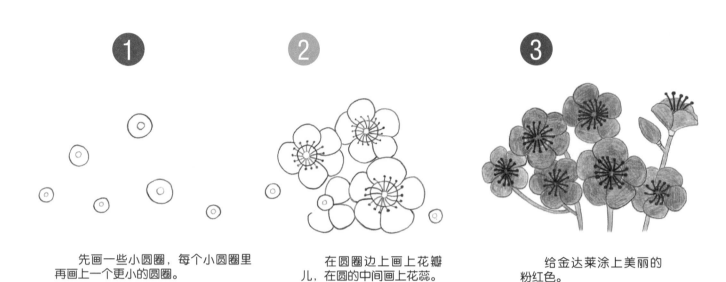

先画一些小圆圈，每个小圆圈里再画上一个更小的圆圈。

2

在圆圈边上画上花瓣儿，在圆的中间画上花蕊。

3

给金达莱涂上美丽的粉红色。

小朋友们的作品欣赏

这里正在用金达莱做花瓣煎饼，旁边花瓶里的金达莱正开得茂盛呢。金达莱的花瓣还可以用来做成米糕食用。

画画看

孩子们，以上金达莱的画法都看明白了吗？小朋友想象的画面都看懂了吗？
画要画得好，可是更加重要的是要懂得如何用画笔来表达自己的思想和感情。
下面大家就发挥想象，自由地用画笔表现一下自己的想法吧！

想一想

小朋友可以想象一下春游时见到映山红、桃花、樱花的美丽情景，想象一下春天湖畔多么的美丽，一群天鹅或野鸭在湖面上浮游，湖畔开满鲜花，美不胜收！

向日葵

向日葵是一种非常神奇的花朵，它的脸庞总是向着太阳，跟着太阳改变方向。好多人喜欢吃向日葵的种子，因为它的营养很丰富。

1

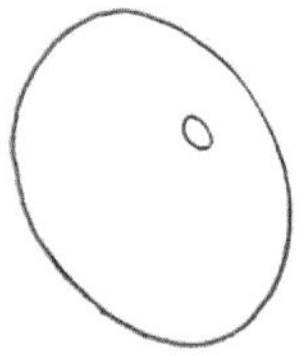

先画一个圆圈儿。

2

在圆圈儿下面画上叶子。

3

在大圆圈里密密地一圈圈地画满小圆圈。

4

给它抹上漂亮的颜色。

小朋友们的作品欣赏

这幅画儿画的是收获向日葵的种子的场面。

画画看

孩子们，以上向日葵的画法都看明白了吗？小朋友想象的画面都看懂了吗？
画要画得好，可是更加重要的是要懂得如何用画笔来表达自己的思想和感情。
下面大家就发挥想象，自由地用画笔表现一下自己的想法吧！

想一想

一提到向日葵你们会想到什么？
一说起向日葵，老师就想起画家梵·高所画的《向日葵》来，真是值得大家去好好学习学习。

仙人掌

仙人掌是生长在炎热地区的植物，它能够生活在干燥的地方不需要很多水，一年开一次花儿。

1

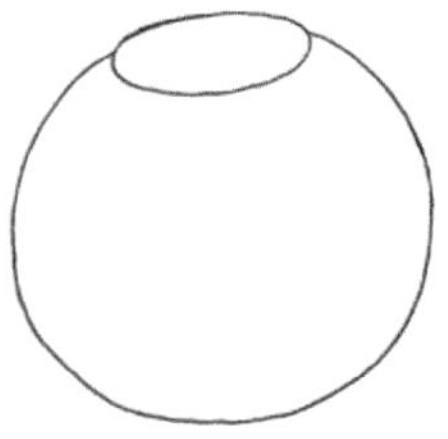

画一个圆，在圆的上部画上一个半圆。

2

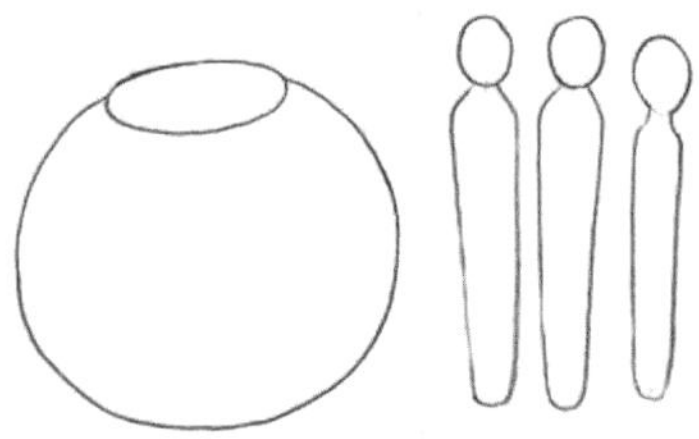

在圆的旁边画上几个小圆连着长长的身体。

3

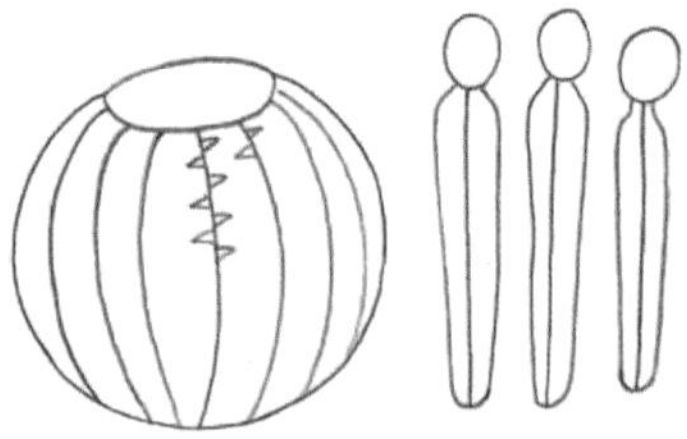

以上部的半圆为中心向下画上一些线条，在线条上面画上一些刺儿。旁边的小仙人掌的中间画上一根线条并在线条上也画上一些刺儿。

4

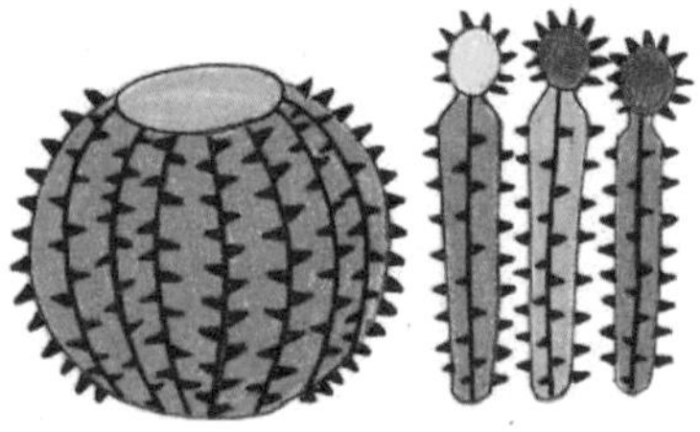

给它们分别涂上漂亮的颜色。

小朋友们的作品欣赏

沙漠地区，有人骑着骆驼在旅行，附近可以看到各种各样的仙人掌。

画画看

孩子们，以上仙人掌的画法都看明白了吗？小朋友想象的画面都看懂了吗？
画要画得好，可是更加重要的是要懂得如何用画笔来表达自己的思想和感情。
下面大家就发挥想象，自由地用画笔表现一下自己的想法吧！

想一想

说到仙人掌，不由得想到沙漠，还有沙漠里生活的狐狸、蜥蜴、蝎子。小朋友们也可以自己买一盆仙人掌，在家里观察与写生，创作更生动的作品！

菊花

菊花在世界各地都有，黄色、白色、红色、紫色，多姿多彩。

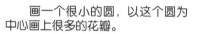

画一个很小的圆，以这个圆为中心画上很多的花瓣。

一层一层地画满很多花瓣以后接着画上菊花的叶子。

画完了菊叶以后，用翠绿色和豆绿色来给菊叶上色。

小朋友们的作品欣赏

菊花开得五颜六色，姹紫嫣红，大家看得可开心啦。

画画看

孩子们，以上菊花的画法都看明白了吗？小朋友想象的画面都看懂了吗？
画要画得好，可是更加重要的是要懂得如何用画笔来表达自己的思想和感情。
下面大家就发挥想象，自由地用画笔表现一下自己的想法吧！

想一想

一提到菊花你们会想到什么？

菊花在秋天盛开，我们可以在中秋夜赏菊吃蟹，它也经常摆放在逝去的亲人墓边以寄托哀思。

大波斯菊

大波斯菊一般开在6月到10月之间，花朵的颜色也很多，譬如粉红色、白色、大红色等等。

1

零散地画上几个小圆。

2

以小圆为中心画上一些花瓣儿。

3

给大波斯菊花涂上粉红色或者大红色。

小朋友们的作品欣赏

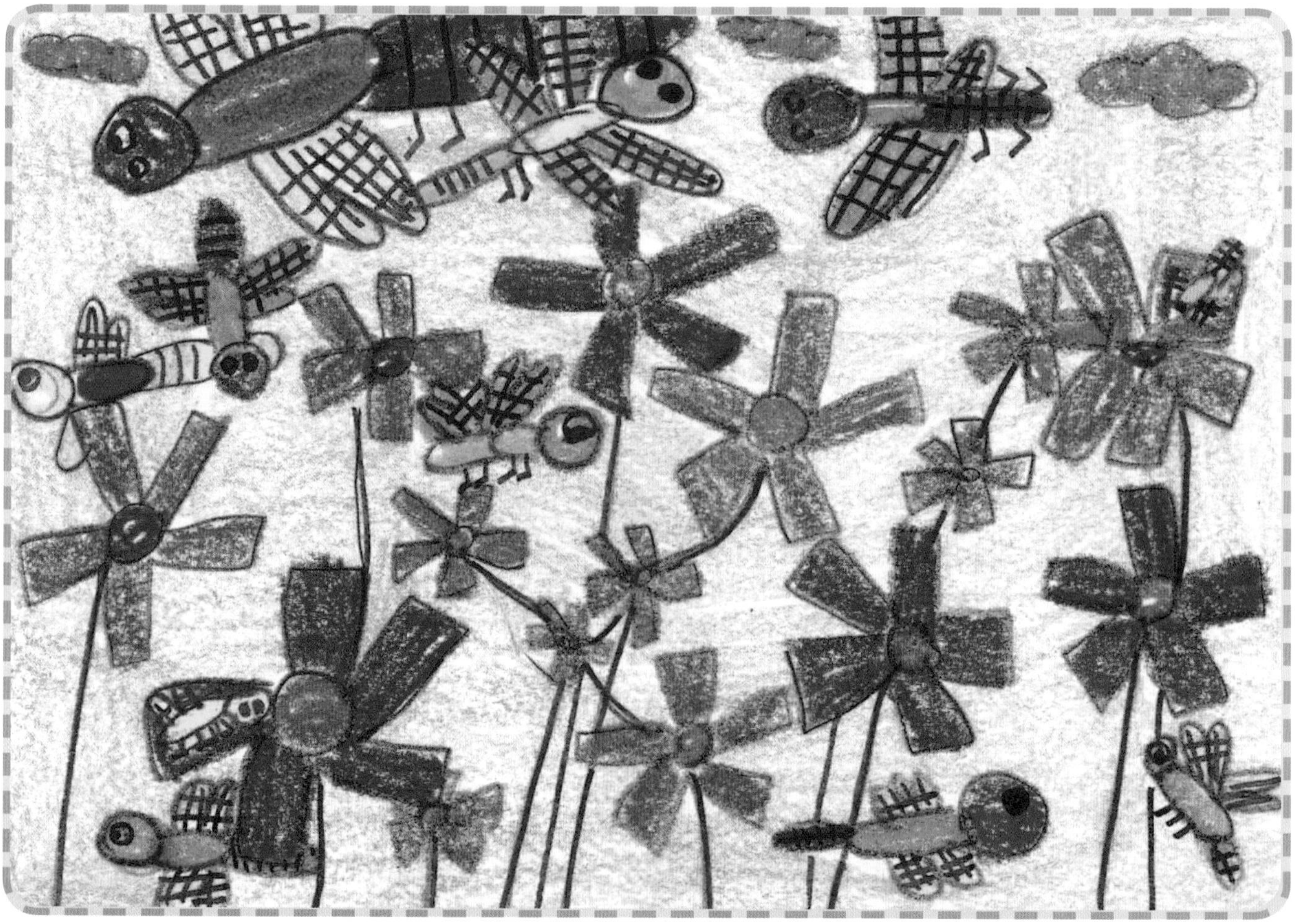

蜻蜓在大波斯菊花丛中飞来飞去。

画画看

孩子们，以上大波斯菊的画法都看明白了吗？小朋友想象的画面都看懂了吗？画要画得好，可是更加重要的是要懂得如何用画笔来表达自己的思想和感情。下面大家就发挥想象，自由地用画笔表现一下自己的想法吧！

想一想

一提到大波斯菊你们会想到什么？

一说起大波斯菊就会想到秋天，大家想象一下秋天里田野上的庄稼黄澄澄的，都熟了，稻田里站着稻草人，田边开着大波斯菊。

蔷薇花

蔷薇花象征着美好，在英国是代表性的花朵儿，有白色的和大红色的、黄色的、粉红色的，色彩多样，枝上长着刺儿。

1

画一个小圆，以这个小圆为中心往外画一些半圆。

2

继续连着画更多的半圆，画到一定程度就成了一大朵花儿，在周边画上一些尖尖的三角形。

3

接着画上叶子，最后再涂上自己喜欢的颜色。

小朋友们的作品欣赏

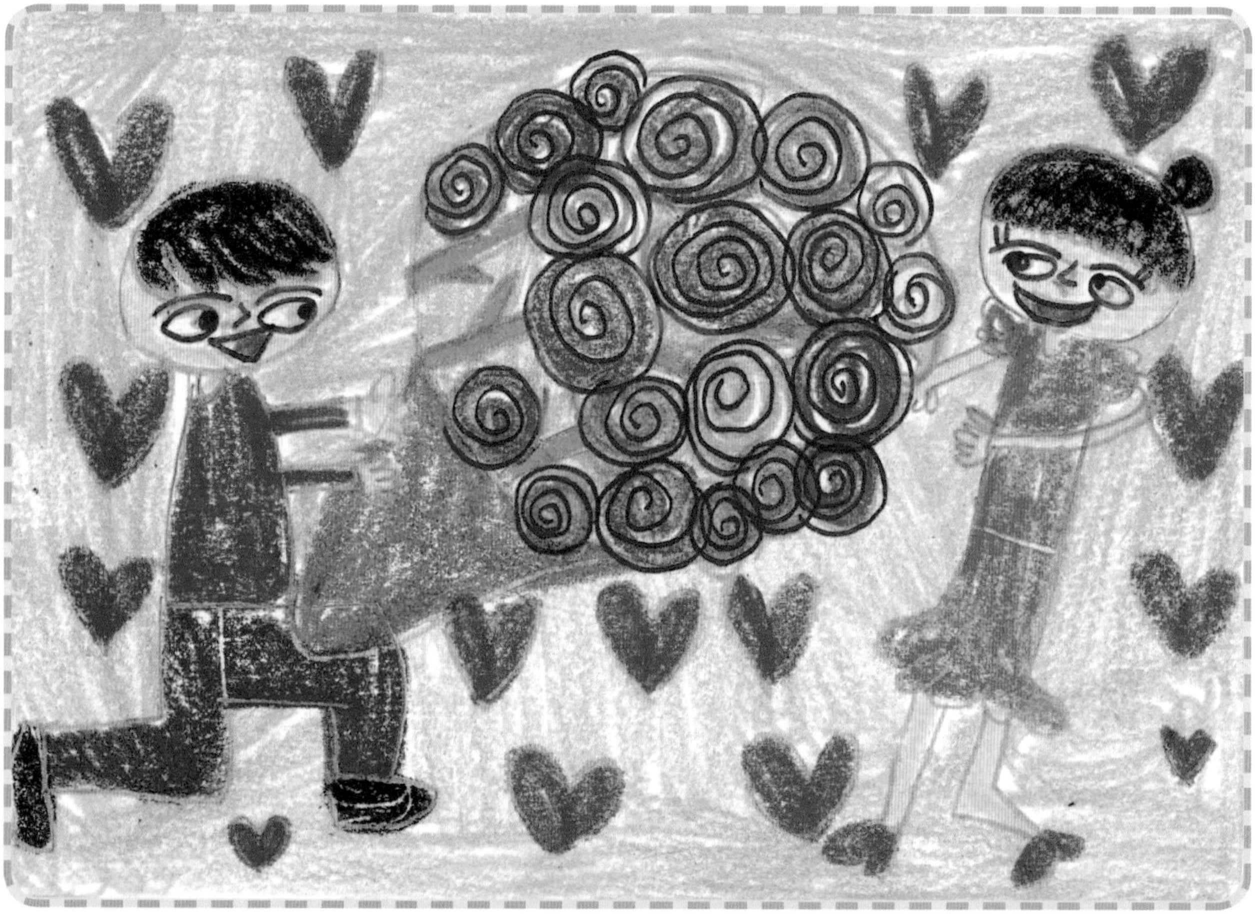

一个男孩子抱了一大把蔷薇花儿献给自己喜欢的女孩子。

画画看

孩子们，以上蔷薇花的画法都有明白了吗？小朋友想象的画面都看懂了吗？
画要画得好，可是更加重要的是要懂得如何用画笔来表达自己的思想和感情。
下面大家就发挥想象，自由地用画笔表现一下自己的想法吧！

想一想

一提到蔷薇你们会想到什么？

老师想到的是有着蔷薇花的鲜花庆典节日，又想到蔷薇是韩国代表性的鲜花，因此人们会十分虔诚地爱惜、养育和照看它们。

木槿花

木槿花是韩国的国花，开在7月到10月之间，夜里缩起来，一到早晨又会盛开起来。

1

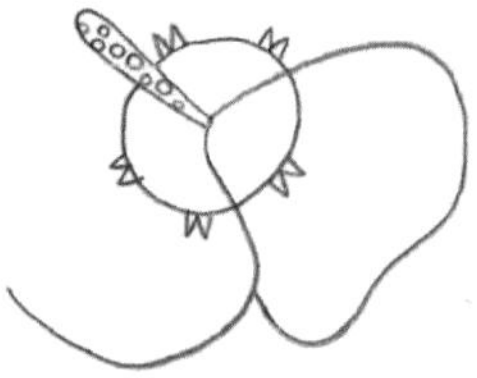

画一个圆圈，中间画上一朵花蕊。

2

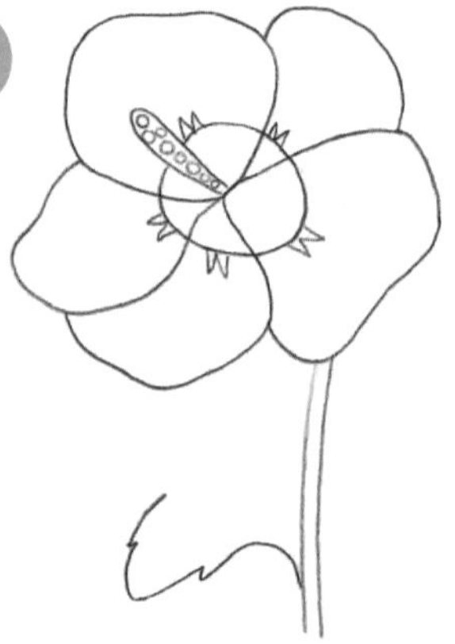

画上五片鲜美的花瓣儿，然后再画上花枝和叶子。

3

涂上漂亮的颜色。

小朋友们的作品欣赏

一群孩子们在旗帜和木槿花前面行礼致敬。

画画看

孩子们，以上木槿花的画法都看明白了吗？小朋友想象的画面都看懂了吗？
画要画得好，可是更加重要的是要懂得如何用画笔来表达自己的思想和感情。
下面大家就发挥想象，自由地用画笔表现一下自己的想法吧！

想一想

一提到木槿你们会想到什么？

老师想到的是有着木槿花的鲜花花庆典节日；又想到木槿都是韩国代表性的鲜花，因此人们会十分虔诚爱惜地养育和照看它们。

森林里面有各种各样的鲜花，有蔷薇花、向日葵、仙人掌，小朋友们和小狗狗都玩得很开心，好一幅温馨幸福的画面啊。

各位请拿出你的速写本，回想一下最近学过的各种花卉的画法，自己拿起笔来试一试吧。

书上小朋友们的作品只是作为参考，不要去死板地临摹哦。

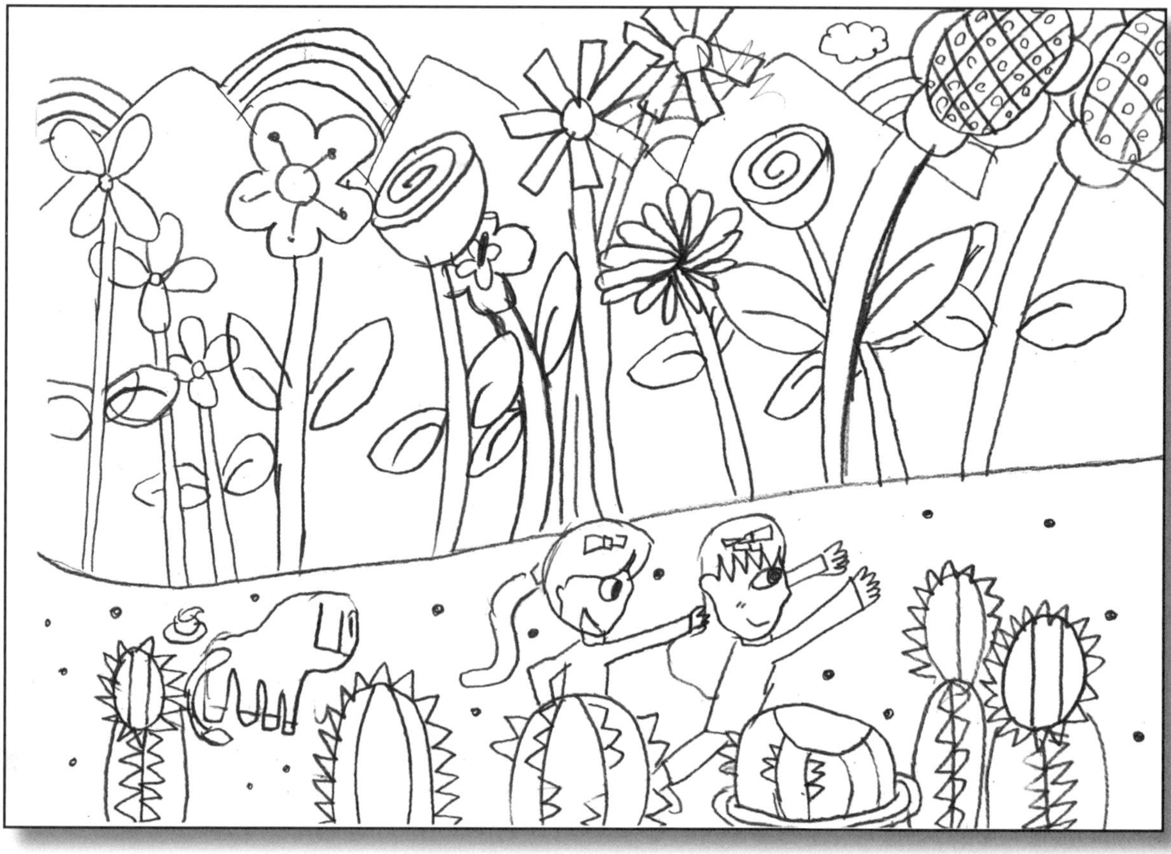

小朋友想象的画面

这是一家花店，一位漂亮的姐姐正在给鲜花浇水，在水的沐浴下花儿开得特别茂盛特别美丽。

餐桌上放着花盆，种着好多种鲜花啊，有向日葵、木槿花、金达莱等等，还有蝴蝶儿在花丛里飞来飞去呢。

大家拿起画笔来自由地表现一下吧!

需要跟孩子父母确认的几个重点问题

1. 跟孩子们充分对话之后，是不是帮助孩子用画笔把他们自己的想法表现出来了？

是，否

2. 是否帮助孩子们摆脱固有观念来给动物、植物、水果上色？

是，否

3. 比起临摹成一模一样的画法，是否鼓励孩子充分表达自己的想法？

是，否

4. 是否帮助孩子们提高自己的眼界来表现动物的生活而不是简简单单画几只动物？

是，否

5. 是否没有把妈妈的想法强加给孩子？

是，否

6. 是否帮助孩子提高主题提升自信来画画儿？

是，否

回答6个是，说明你的指导方法非常好，正确地使用了这本教材，有可能充分地提升孩子们的创造性。

回答5个是，说明你指导得还不错。

回答4个是，只要再努力一把，你就能够成为一位优秀的美术老师了。

回答3个是，还要加油，画画儿虽然是孩子们的事情，可是还是需要父母的引导，加油。

回答2个是，看来还处在困境之中，要让孩子们提升眼界，还需要您更多的关注。

回答一个是，看来得从头来啊，这本书可不是只给孩子们看的，而是给父母和孩子一起看的，路还很长呢，加油啊！